金環蝕（上）

taTsUZo IsHiKawa

石川達三

P+D BOOKS

小学館

目次

金環蝕《きんかんしょく》

まわりは金色の栄光に輝いて見えるが、
中の方は真黒に腐っている。

一枚の名刺

東京麴町《こうじまち》の永田町にある総理大臣官邸は、迷宮のような建物である。数百人を容れる大広間があるかと思うと、すれ違うことも出来ないような狭くて暗い階段もある。一度この石造りの建物の中にはいったが最後、馴れない者には方角も何も解らなくなり、独りだけでは帰る道も見つからない。行き止りになったせまい廊下の奥に宮殿のような華麗な部屋があったり、陥《おと》し穴《あな》にも似た急な階段のかげに、牢獄のように暗い小部屋があったりする。あるいはこの建物そのものが、日本の政治の象徴であるかも知れない。この建物のなかでは二回にわたって、殺人事件があった。五・一五事件と二・二六事件である。国家の栄誉を一身に集めた政府の首班はまた、一部の民衆の怒りと怨みとを受ける不幸な人でもあったのだ。この建物が一種の迷宮であるように、一国の政治もまた或る種の迷宮であった。ここで、何が行われ、何が計画され、何が取引きされているかは、人民のほとんど誰も知らされてはいない。首相官邸そのものは国家の栄誉の象徴であるが、官邸の内部で何が行われているかという事は、誰にも解らない。まるで暗黒街のように、何もかもが極秘であった。

この官邸の中には秘書官の事務室だけでも三つか四つ有るらしい。高級秘書官から、雑務整理係のような秘書官まで、人数も二十人以上であった。西尾秘書官というのはその中でも格の低い、三十五歳の、神経質な男である。五月末の或る日、彼は誰にも言わないで部屋を出た。秘書官の仕事はたいていみな極秘だった。お互いの間にも秘密がある。甲がどこへ行って来たか、乙が誰と会って来たか、秘書官たちの間で互いに問い糺《ただ》すことはほとんど無い。従って秘書官はみな孤独だった。言いたい事が一ぱい胸にたまっていても、ただ黙って耐えていなくてはならない。それが彼等の役目だった。

自分がいま、どんな性質の使命を与えられているかを、彼は正確には知らされていなかった。まるで子供の使いのように、行先を教えられ、先方に対して言うべき口上を知らされ、返事を聞いて来いという、ただそれだけの命令であった。

「人目に立つからな。私は行くわけに行かんのだ。タクシーに乗って行けよ。帰りは別の車を拾って来るんだ。解ってるな……」と官房長官はよく光る眼をきらきらさせながら、低い声で言った。

どういう事が起っているのか。長官は何をしようとしているのか。西尾は知らない。知らないけれども、おぼろげには解っていた。官房長官は極秘のうちに、或る種の金策をしなければならない。恐らくは厖大《ぼうだい》な金額であるらしい。個人的な金策ではない。政治的な必要に迫られているのだ。しかし政治的に必要な金額は、国家予算の審議を経て、いくらでも使える筈ではないだろうか。してみればこの金策は国家予算とは別個のもの、極秘に動かされるかねであるらしい。人民には知られたくない或る種の不正が行われていることは、ほぼ確実だった。不正はあの迷宮のような建物、首相官邸の中で行われたに違いない。その不正の辻褄《つじつま》をあわせるために、長官はいま巨大な金策をしなくてはならなくなったのだ。一分の隙もないほどに身だしなみの良い紳士、いつも縞の服を着て、ネクタイピンにダイヤを入れている洒落者《しやれもの》、中年の美貌を自負している伊達男《だておとこ》。そして稀代《きたい》の切れ者と評されている星野官房長官は、西尾の眼からは深い霧に包まれているような、正体のよく解らない人物であった。従って西尾秘書官は遠隔操縦の仕掛けによって自分が操られているような気持だった。彼自身の意志はどこにもない。彼とは何の関係もない事件なのだ。しかし彼がその不正な事件の(片棒をかつぐ)結果になろうとしていた。秘書官という地位にある限りは、拒むことの出来ない使命であった。

実はいままでにも、是《こ》れに類する使命を与えられたことは少なくなかった。いわゆる政治献金という名前の、或る種の利権のからんだ金額をひそかに受け取るために、実業界のいろいろな人たちと、いろいろな場所で会ったことがある。その時も西尾はただ子供の使いのように、受け取るものを受け取って帰って来たばかりであった。多勢いる秘書官の中でも格の低い西尾は、格が低いからこそ人目に立たないという利点があったのだ。役所の車ではなく、タクシーに乗って行けと言われたのもそのためだった。帰りにはまた別の車を拾って帰るのだ。それは(犯跡をくらます)行為だった。しかし西尾自身には罪をおかす意志もなく、それによって受ける利益もなかった。現在の政府の中でも、総理に次ぐほどに華やかな立場にある星野官房長官の、その手先に使われ、意志を奪われたロボットのような立場で、彼は官邸から外に出た。晴れた日の五月の空が、このロボットには少しばかりまぶしくて、却《かえ》って気持が暗くなるようだった。

車はゆるやかな坂道を降っていた。夏ちかい暑い日であったが、西尾は蝶ネクタイをきちんと結び、黒い服を着ていた。それが秘書官という職業の制服のようなものであった。彼の勤めはいつも何かしら重苦しいもの、息の詰るようなものであった。政治、人民、社会、法律、世論、議会、野党、財政、国際問題。……そういう風に、相手がいつも巨大であった。彼が接触する人たちは、大臣、次官、財界人、代議士、局長、総裁という風な、一種の圧力をもった人たちばかりだった。その間にあって、何の地位もなく威力ももたない下級の秘書官は、只の走り使い、連絡係のようなものであった。自分の意志や自分の意見などは持つことを許されない立場だった。従って気持はいつも緊張しているが、緊張したままで鬱屈し、それが内攻して、いつの間にか自家中毒のような症状をおこし、彼の精神までも損ねて来るのではないかという気がしていた。

官房長官から指定された建物を探すのに、すこしひまがかかった。訪ねる相手は非常に有名な男だった。むしろ悪名の高い男、新聞や雑誌では怪人物と言われる男。そして前科四犯だった。

探し当てた新成ビルは、地上八階の大きな建物だった。石原事務所はその七階と八階とを使っている。しかし看板も何も出ていなかった。僅かに玄関の壁に名札が出ているばかりだった。地上二十メートルというその場所は、まるでこの大都会の盲点のように、一般の人には全く気の付かないかくれ場所だった。誰の眼にも見えるこの高い空間こそ、却って誰にも近づくことの出来ない、誰にもその内部をうかがい知ることの出来ない、秘密の城廓《じようかく》であった。一つの階段と一つのエレベーターとだけが、この秘密の城廓と外部の世界とをつなぐ細いルートであった。

八階まで上って、西尾秘書官は案内を求めた。そして直ぐに応接室に通された。何の装飾もない小部屋に、まことに事務的な家具が置いてあるばかりだった。この事務所のあるじには、客を歓迎しようという気持は無さそうに見えた。

扉をあけて出て来た人は、六十歳前後とも七十歳ぐらいとも、見分けのつかない、頭を丸刈りにした背丈の低い男だった。田舎町の町役場に三、四十年も勤めている平凡で実直な男……とでもいうような、気の利かない風態《ふうてい》をしていた。上着を脱いで、半袖の白いシャツ一枚であったが、初対面の西尾を見た時の、腹の底までも見透かすような眼光の鋭さは、只ものではなかった。西尾が立って型通りの挨拶をするのに、受け答えをしようともせず、唇を半分ひらいただらしのない表情で、椅子に坐った。

「星野さんから電話はあったがね……」と彼は横柄な口調で言った。「用事は何も言わなかったが、どういうお話かね」

彼の声は低くて鉛のように重く、鉛のように灰色に濁っていた。西尾はこれまでの三十五年の生涯で、はじめてこんな男を見たような気がした。重く、鈍く、濁っていて、底が見えない。相手の顔を見ていながら、その人柄というものの見当がつかなかった。顔つきは田舎おやじのようであるが、最初の短い彼の言葉の印象はひどく鋭利だった。いつも西尾が接している大臣や代議士や高級官吏たちは、組織の力や団体の力に支えられ、その力に頼って威張ってはいるが、そういう人たちには共通な甘さ、他力で支えられて良い気になっている甘さというようなものが有る。しかしこの石原参吉という男には、そうした甘さは微塵《みじん》もなかった。独りきりの力で百五十億とか二百億とか噂される程の富を築き、前科四犯という国法の圧力をも掻《か》い潜《くぐ》って、堂々とここに事務所を構えている男の図太さと自信の深さとが、眼に見えない力になって西尾の前に迫って来るようであった。

「では、用件だけ申します」と秘書官は固くなって言った。「星野官房長官からの、極秘の御相談ですから、どうかほかの人には一切洩らさないで頂きたい、ということです。それから、私はただ石原さんの内意だけを伺って来いと言われた訳でして、正式には官房長官が直接に御相談を申したいということでした」

「ふむ。それで？」

「用件は金融のことです。官房長官は石原さんから、大至急にかねを用立てて頂きたいということです。金額は二億円で、全部現金でお願いしたい。返済期限は一年ということでした」

「ふむ。……利息は？」

「それは石原さんの御意嚮《いこう》を聞いて来いということでした」

「担保は？」

「ございません」

石原はしばらく黙っていたが、

「国有地を担保にすることは出来ないかね」

と言った。

「それは私には解りません」

「どうも、話にならんな。私はそんな危ない仕事は嫌いだからね」

「国有地の担保があれば貸していただけますか」

「いや、やめよう。折角だが星野さんに断わって下さい。政治家はね、現役の時には何でもやれるが、一度政変が来て現役をはなれたら、もう駄目だからね。私は政治家のおつきあいはきらいなんだ」

彼は立ちあがった。帰ってくれという素振りだった。官房長官などは物の数とも思っていないような、図太い態度だった。彼が政治家を嫌いだというのは、理由のあることだった。彼は前科四犯である。政治家というよりは政治機構そのものが、彼にとっては加害者のように見えていたに違いないのだ。西尾秘書官を応接室に残したまま、彼は部屋を出て行った。出て行く彼のうしろ姿は、押しても突いても動かないような一種の重量感をもっていた。法律に楯《たて》ついて生きて来た男の、不死身のような重量感であった。善良な市民には何かしら一種の薄弱さがある。石原参吉の図太さは犯罪をくり返して来た男の、怕《こわ》いものを知らないようなふてぶてしさでもあった。

エレベーターを降りて外の街に出たとき、西尾はびっしょりと汗をかいていた。喧嘩に負けた犬が尾を巻いて逃げて行く時のような、みじめな気持を彼は味わっていた。彼は人間の怕さをよく知っていた。彼が毎日接触している政治家たち、高級官僚たちは、みな一種の怪物だった。しかし石原参吉という男はそれに数倍する怪物であるように思われた。

長官に言われた通りに、彼は街のタクシーを呼び止めて、乗った。車が走り出してから、ふと彼は気がかりになる事を思い出した。石原のところに、西尾は自分の名刺を置いて来たのだ。石原の手もとに、後日の証拠になるような物を残して来ては、いけなかったのではないか、と思った。相手は何をやり出すか解らないような、厚顔無恥な男だった。あの名刺一枚を楯に取って、官房長官を脅迫することだって、彼ならばやり兼ねない。西尾は官邸に帰りつくまで、その事が気がかりでならなかった。彼はそういう、気の小さい、正直な男だった。

西尾秘書官を帰したあと、石原参吉は自分の事務室のソファに坐って、だらしなく口をあけたまま、呆《ぼ》んやりと床を見つめていた。彼の顔の表情がだらしなくなっている時は、彼の頭の中が忙しく廻転している時だった。星野官房長官に二億の現金の（闇金融）をしてやって、危ない橋を渡っても、得るものは少々の利息に過ぎない。そんな利息など、参吉はどうでもよかった。それよりも、なぜ官房長官は緊急に二億のかねを必要とするのか。なぜ銀行その他の正規の金融ルートを用いないで、世間では札つきと言われている石原参吉に、ひそかに金融を相談するのか。……この新しいクイズを解明して行く事の方が、参吉にとってはずっと興味があった。これはまだ誰も知らない事だ。極秘のことだ。極秘と聞くと、参吉はまるで餌《え》にとびつく魚のように、どうしても飛びついて行かなくては済まない性質だった。その性格が、四つの前科を重ねるに至った彼の（業《ごう》）のようなものであった。

二億という巨額の現金を必要とするのは、官房長官個人である筈がない。極秘の金融には犯罪のにおいが付きまとう。石原参吉は直感的に知っていた。或る種の不正が行われたに違いない。場所は言うまでもなく、あの迷宮のような建物、首相官邸の中だろう。政府の大官や政党の幹部連中が、何人かは共犯者であるに違いない。……

そういう事件は石原参吉にとって、珍しい事ではなかった。彼はあらゆる事件の（裏）を探し廻る男だった。表面に現われたものは何一つ信じない。そして裏面だけを信じるのだ。彼は社会の裏側で生きている男だった。鉛のように重い声、鉛のように重く濁った彼の表情は、そういう参吉の性格から造り出されたものだった。彼の事務室の両側の壁は天井まで届くガラス戸棚になっていて、新聞雑誌の切り抜きを集めた何百冊というファイルがぎっしりと詰っていた。それが参吉の調査資料であり、社会の裏の、また裏まで探り出すための、貴重な文献であった。どれもこれも、洗い立てて行けば不正のにおいがする。どれもこれも、現代の社会の病患を内にひそめた、(日本のカルテ)のようなものであった。ちょうど腕の良い医者が、何百人という患者たちを扱って、彼等の秘密の病状を記入したカルテを持っているように、石原参吉は日本の社会の上層部、政治の上層部の人たちの、ありとあらゆる行状を記録した何百冊という黒いファイルをかかえているのだった。そして医者が患者から収益を得ているように、この黒いファイルが参吉の極秘の収入源でもあった。

彼はインタフォーンで女秘書を呼び出し、「荒井君と脇田君を呼んでくれ」と言った。

まもなく二人がそろってはいって来た。荒井は中年の瘦《や》せた小男で、脇田は三十過ぎの元気そうな青年だった。

「お前たち二人でな……」と参吉は言った。「ひとつ調べてもらいたい仕事があるんだ。二人で連絡をとりながらやってくれ。相手はな、星野康雄。内閣官房長官だ。大変な敏腕家という話だが、あの男のやる事を細大漏らさず、徹底的に調べてくれ。何日に、どこへ行って、誰と会ったか。何をしゃべったか。何を食べたか。……どんな事でもいい。全部しらべてくれ。どんな車に乗ったか。どんな洋服を着ていたか。……わかったな。費用はいくらかかってもいい。

そして三日目ごとに報告書をこしらえて俺に報告しろ。形式なんかどうでもいいからな」

「調査の目的は何ですか」と若い脇田の方が言った。

「調べてみないと解らん。調べていけば必ず何か出て来る。それを探しているんだ。今から直ぐ取りかかってくれ。ほかの仕事はあと廻しでいい。それから、いい加減な名刺をこしらえて置け。何とか新聞政治部記者とか、週刊雑誌の記者とか、とにかく怪しまれないような名刺を持っているんだ。おれの名前は絶対に出してはいけない」

二人は部屋を出ていった。三日たてば最初の報告が来るだろう。調査の本当の目的は、自分の事務所の所員にさえも秘密にしていた。参吉のたった一人の頭の中だけで、奇怪な計画が組み立てられているのだった。星野は多分、二億のかねの調達で四苦八苦するに違いない。本当はもっと巨額の金策をしているのかも知れなかった。五億とか、七億とか。……それを石原参吉はひそかに見抜いていた。

彼はさっき女秘書が持って来た名刺を、一つのファイルの頁に貼りつけた。(内閣秘書官、西尾貞一郎)と印刷してある。その横に彼は書き付けるのだった。(五月二十六日午前十一時。星野官房長官の使者。金融要請。二億。拒絶……)

この名刺がどんな風に役に立つか。そこまでの計算は無かった。ただ彼はあらゆる調査資料をこの事務室にそろえて置かなくては気のすまない、一種の蒐集癖《しゅうしゅうへき》をもっているだけだった。

諜報網《ちようほうもう》

十一時すぎに彼は電話をかけた。交換台を通さない、彼ひとりの専用電話だった。これは電話帳にも番号が出ていない、外部の者には知られていない電話であった。相手は女の声だった。

「ああ、おれだ。十二時にそっちへ行くからな」と参吉は言った。

女は軽い口調で、(はいはい)とだけ答えた。話がそれだけで終ったのは、二人の関係が古いものである証拠だった。

石原参吉は六十を幾つも過ぎた今日まで、ずっと独身だった。それには幾つかの理由があった。(女はどこにでも居る。どこにでも居るものは、どこででも楽しめばいいのだ。……)そういう不道徳な理窟は他人には通じないが、彼は自分ひとりの理窟を信じていた。子供は四人いたが、みな別々の女の子供だった。それらの女の一人をも、参吉は正妻にはしなかった。ひとりの女に自分を固定させる事を嫌っていた。女を妻という立場に置けば、男は彼女に対して、自分を説明したり弁解したりしなくてはならない。たくさんの秘密を持っている参吉は、女との関係を、(いつでも別れられる)ような形に限定していた。女には惜しみなくかねを与える代りに、彼自身は最大限のわがままと自由とを確保していた。

彼の生業は、証券投資であり貸ビル業であり金融業であった。彼の調査室はそのためのあらゆる調査に当っていた。不当な高利を取る闇金融は処罰を受ける。しかし石原参吉は自分の闇金融を（人助け）だと信じていた。正当な手順では金融の出来ない人、それが無くては自分の地位や事業に破綻を来たすような人を、闇金融によって助けてやるのだと思っていた。高利を承知の上で参吉から極秘の金融を受ける人たちには、犯罪のにおいがつきまとっていた。賄賂、買収、不正支出の穴埋め、等々。その金融が犯罪を成立させることもあるが、犯罪が世間に暴露することを未然に防止する役割りをも果している筈だった。

十二時すこし前に、彼は八階の事務室を出て、七階の事務室のなかをひと廻りした。ここは彼の財産を管理運営している事務所だった。それから階下に降りて、流しのタクシーを止めた。事務所には専用の車が四台あったが、人眼につくことを避けて街の車をひろったのだった。誰も彼を尾行している者はいない。彼の行動を監視している者もいない。しかし彼は常時、自分の行動を秘して、どこにも証拠を残さないように心を配っていた。それは一種の精神病、（強迫観念）のようでもあったし、追われている犯罪者のようでもあった。

赤坂山王の大通りから少し横にはいった所で車を降りると、参吉はずんぐりした肩を振るような歩き方で、七十メートルばかりも歩いた。いきなり女の家の玄関に車を乗りつけるような不用意なことは、決してしない男だった。

港区赤坂という街は、戦後になって急速に変貌した。戦災を受けてほとんど焼け野原になった所が、今は、歓楽の巷《ちまた》に変っていた。昔から名の通った花柳界も立派に生き返った。戦前よりも一層繁栄しているようであった。しかし正午の赤坂は昨夜の宿酔《ふつかよい》がまだ残っているような、だらけてごたごたした街だった。板塀《いたべい》をめぐらした大きな料亭はひっそりとして夜を待っているようだった。昼と夜と、全く違う二つの顔を持った街だった。夜は、人間の持っている本質的な悪さが、ふつふつとして煮えあがって来るような場所だった。権謀術数、物慾、色慾、ありとあらゆる慾と闘いとが、酒と絃歌《げんか》とのあいだで取引きされるような街だった。

横丁の、もう一つ横丁のような露路をはいったところで、参吉は洒落《しゃ》れた細い格子《こうし》をあけた。一週間に一度は必ず訪ねて来る家だった。

魚を焼く匂いがしていた。参吉のために昼食の支度をしているのだ。女あるじは萩乃《はぎの》という四十ちかいような芸者だった。小肥りのきれいな女だったが、花柳界の不健康な空気が、化粧のない顔にうす黒い疲労の色を見せていた。参吉が案内も求めずに黙って上って行くと、萩乃は彼を迎えて、

「暑いわね」と言った。

彼は答えずに上着をぬいだ。無愛想な男だった。奥の八畳の間に坐ると、萩乃はすぐに扇風機の風を向け、冷蔵庫から冷たくひやした手拭《てぬぐい》を持って来た。その間に中年の女中が冷たい飲みものを持って来た。何もかも手順がきまっていた。何年かの間に、いつの間にかそういう順序が出来てしまったのだった。

萩乃は顔立ちは美しいが、色の黒い女だった。三十八になって肥って来た。昼間は洋服を着ているので、部屋の中の日本風な女くさい調度とそぐわなかった。赤坂で産れ、赤坂で育った女だった。彼女の母も赤坂の芸者だった。だから萩乃は芸者以外の世界は何も知らなかった。道徳も教養も智恵も、言葉つきも、身のこなしも、すべて産れつきの芸者だった。彼女の肌の黒さには、酒と男の手垢《てあか》とが、二世代、六十年の長きにわたってしみついているようだった。

参吉から何も言われないうちに、萩乃は桐の箪笥《たんす》の小抽出《こひきだ》しから七、八枚の紙切れを取り出して、男の前に置いた。これもまた彼女のきまった手順であった。参吉は黙って紙片を取りあげた。萩乃は女のくせに大きな乱暴な字を書くたちだった。

五月二十二日、芳村《よしむら》さん。中沢証券社長ともうひとり重役さん。大蔵大臣。

五月二十三日、水月亭。産業銀行頭取、何とか大学の教授、ほかに二人。

五月二十四日、芳村さん。民政党の横山さんと代議士七人。……あと口、菊ノ家さん。電力建設の財部《たからべ》総裁と青山組社長さん。密談。

五月二十五日、菊ノ家さん。鳥越デパートの副社長、三協デパートの社長、そのほか四、五人。……

これは萩乃の営業メモだった。この簡単な数行の文字から、石原参吉は無限に複雑なものを探り出す。政界人の動きと財界人の動き、その両者のつながり方の如何によっては、ちょうど大地震の初期微動を感じとるように、政財界の大きな変動を予知することが出来るかも知れないのだ。中沢証券は日本でも十指にはいる大きな証券会社であるが、いま営業不振におちいり、立て直しに必死になっているところだ。暮夜ひそかに、赤坂の料亭芳村の奥座敷で、社長と重役とが大蔵大臣に会ったという事実からは、やがて政府のうしろ楯によって中沢証券が何とか立ち直るであろう事を推察して宜《よ》い筈だった。中沢証券が立ち直るとすれば、危機を予想されていた投資信託もその安全性をとり戻して来るのだろう。従って石原参吉としては、まだ世間の誰もが知らないうちに、新しい手を打つことが出来る。それが彼に何千万の富をもたらす。萩乃は参吉の情婦でありスパイであり、そしてレポーターでもあった。彼はたといひとりの女でも、無駄に養っておくような男ではなかった。

萩乃のメモのほかに、まだ五、六枚の四つに畳まれた紙片があった。参吉は一つ一つ丁寧にひらいてみた。こまかい字で沢山の人名が記してある。これは料亭春友の下足番をしている小坂という老人が、毎夜の客の名前をこっそりと書きつけておいたものだった。小坂には萩乃の手から、毎月二万円の手当が渡してある。小坂のメモによって石原参吉は、春友に出入りする客の動静を居ながらにして知ることが出来た。これも参吉のスパイ網のひとつであった。

紙片をひらいて行くうちに参吉は、だらしなく唇を開いて、萩乃のメモと小坂のメモとを見くらべながら、手に持った煙草の灰が落ちるのも忘れていた。食卓の上に飯や汁や魚が並べられても、箸《はし》をとろうともしなかった。萩乃はそういう参吉の放心には馴れているので、向いあった位置で、自分だけ黙って箸をとった。

小坂のメモには、五月二十二日のところに、(電力建設の財部さまと青山組社長さま)という一行があった。ところが萩乃のメモには二日ののちに、同じ財部と青山組社長とが料亭菊ノ家で密談したとある。中一日おいて、場所を変えて、この二人は何のために二度も密談したのか。これには相当に重大な用件があったと考えなくてはならない。

石原参吉は電力関係や土木建築業界のことについては、別にふかい関心を持ってはいなかった。しかし彼の事務室のファイルには一通りの資料はそろえてある。電力建設会社は資本金の九十五%までを政府が出資している国策会社だ。北海道から九州まで、眼ぼしい川筋に幾つとなく大きなダムを築造し、発電所をつくり、その電気を民間の電力会社に売っている。したがって土建業界と縁故がふかい事はわかりきっているが、この二人が中一日おいて二回も密談をしていることから、参吉は直感的に、(何かがある……)と思った。

正当な用談ならば、青山組社長は日中に堂々と電力建設会社の総裁室に財部を訪ねて行けばいいのだ。夜になって二人きりで料亭の奥座敷で密談を交わすというのは、どちらかが、正当な手続き以外の何かをやろうとしていることだ。その(以外)とは何であるか。権力への要求、事業上の要求、財産的な要求、そのための特別な配慮、策謀、競争。……彼等が何を話しあったのか、内容は解らないが、資料を調べて行けば推察はできる筈だった。彼等はまさか、料亭春友の下足番の老人や、芸者萩乃が、石原参吉のスパイであるとは知らなかったのであろう。秘密な行動は、秘密であるが故に却って疑われる。そして石原参吉は他人の秘密を探り出すことに病的なほどの興味をもつ男だった。

参吉はようやく箸をとって、

「小坂にずっと、かねをやってるか」と言った。

「やっていますよ。月はじめに……」

「メモはいつ持って来るんだ」

「おひる頃ね。通り道ですからね。出がけにうちの郵便受けに入れて行くわ」

「誰も見ていないか」

「さあ?……誰だって見ているのでしょう。でも別に、疑る人も無いと思うわ」

この女の、そういう不用意で大ざっぱなところが、参吉は気に入らなかった。しかし萩乃は秘密を秘密とも何とも思わないから、却って人に疑われることなしに諜報が取れるのかも知れなかった。

食事を終って間もなく、参吉はまた車をひろって自分の事務室に帰り、電力建設関係の資料を調べてみた。そして直ぐにそれらしい記録を見つけ出した。約二年前、電力建設会社は九州を東西に流れるF―川に巨大なロックフィル・ダムを建設し、二つの発電所を造って、三十万キロの電力を北九州一帯の工業地帯に供給しようという計画を、(決定した)と云うのだった。もはや基礎的な測量も終り、ボーリング等による地盤の調査もすんで、総裁自身が現地を踏査している。当然、その次の段階は工事計画を立てること、工事費を算定すること、工事請負人を決定すること、という順序になる筈だ。そこで青山組の社長がひそかに料亭の奥座敷で、総裁と密談することが必要になって来るのだ。つまり電力建設会社総裁と青山組社長との間で、（闇取引き）が行われるという可能性が出てくる。他の幾つかの大きな土建業者たちを出し抜いて、ざっと考えて四十五億円にもなろうと云う、この大工事を青山組が取ってしまおうという画策が進められているに違いない。しかしその途中には正規の手続きとして、入札という関門がある筈だ。その関門を、青山組はどうやって乗り越えるつもりなのか。……

　そこまで考察をすすめてから、石原参吉は直通電話をとってダイヤルを廻した。相手は（日本政治新聞社社長・古垣常太郎）という男だった。この新聞は国会議員とその周辺、高級官僚と財界の一部とに、だにのように喰い込んで生活している、いわゆる業界紙の一つだった。発行部数は千三百部程度。週一回または十日に一回というような不定期刊行紙で、自分に都合の良い政治家や財界人を最大限の言葉でほめ上げると共に、その人たちの反対派、敵対者と見られるような人物は徹底的に悪評するというのが常套《じょうとう》的な手口だった。そして味方からは賛助購読料という名目で金銭的援助を受けていた。社員はわずかに四人で、そのうちのひとりは社長の弟だった。

　石原参吉は古垣常太郎に毎月数万円の手当を与えて、彼を秘密諜報員の一人にしていた。古垣は国会内外の状勢、政府大官の動静などに詳しいので、参吉としては利用価値があった。痩せて背丈の高い、黄色くてしなびた皮膚をした男だった。

「ああ、こんにちは。……何ですか」と彼は電話口で言った。貧弱な躰《からだ》で、意外に大きな声をするのが彼の癖だった。

「うむ、君にちょっと聞いてみたい事があってな」と参吉は重い声で言った。「君は電力建設の財部と親しかったな」

「ええ、よく知っていますよ。うちの新聞のスポンサーですからね」

「九州のF—川のダム建設はきまったのか」

「きまっていますよ」

「ふむ。工事の請負人はきまったのか」

「それは是れからの問題ですよ。相当はげしい暗躍があるらしいですな。面白いですよ。何しろ工事が大きいですからねえ」

「君は最近、財部に会ったか」

「近いうちに訪ねてみようと思っていますがね。この前会ったのは、ええと、ひと月ぐらい前でした。何かあるんですか」

「財部と青山組とは、どういう関係だ」

「それはですね、四年ほど前に駒井ダムを青山組がやったでしょう。あの時から財部さんと青山組とは急に何だか親しくなったらしいですよ。だから今度のF—川もね、財部さんは青山組にやらせたいんじゃないんですか」

「それは何だ。君の推察か」

「そうですね。まあ、推察ですね。とにかく財部さんは青山組の工事を信用しているんですよ」

「しかしそれでは竹田建設や深川組は黙っていないだろう」

「もちろん今後の入札できまる訳ですがね。しかし財部総裁は竹田建設が嫌いなんです。竹田は工事がいい加減だと言って、よく怒っていましたよ。三年まえに完成した高尾川ダムも、近頃になって漏水があると言って問題になっているんですよ。それが結果的には財部さんの責任になりますからね。まあ竹田は脈は無いでしょう」

「だって一番大きいじゃないか」

「そうなんですよ。だから入札は相当もめるだろうと思うんです」

「ふむ、なるほど。解った。また何かあったら教えてくれ。それから別の話だが、星野康雄がね……」

「官房長官ですか」

「うむ。あの男が何だか変な動き方をしているらしい。少し気をつけて見ていてくれ」

「変な、というのは何ですか」

「まあ、一口に言うと政治献金とか何とか、かねの事だ」

「ははあ。なるほど。……しかしあの人は年じゅうかねの事で苦労しているらしいですよ」

「うむ、それが、よほど困っているらしい」

「僕はね石原さん、あの男は苦手なんですよ。前に新聞で喧嘩を売ったことがあるんで、駄目なんです、全然……」

「ああそうか。まあいい。何か解ったら知らせてくれ」

そして参吉は電話を切った。古垣常太郎という男を、参吉は信用してはいなかった。利害関係でどっちにでも動く、無節操な人間だった。尤《もっと》も、彼のように貧弱な業界紙などをやっていては、節操を守るほどのゆとりも無かったかも知れない。もともと彼は東京の大新聞の社会部記者であったが、或る事件のために免職になった。ひとりの高級官吏の汚職事件を嗅《か》ぎつけて、その官吏をゆすってかねを取ったという事件だった。古垣にはそういう汚ないところがあった。だから参吉は彼から情報を受けとることはしても、自分の腹の内を古垣に見せるような事は決してしなかった。

ところで、彼が手に入れた今日の情報のうちで、一番興味があるのは萩乃のメモの中の、中沢証券社長が大蔵大臣と、料亭芳村でひそかに会談したという事件であった。中沢証券会社の経営の危機が伝えられて以来、投資信託はがた落ちに落ちている。もしも中沢証券が倒産したら、他の証券会社にも飛火するかも知れない。財界は大混乱におちいる。大蔵大臣が中沢証券を助けるということは、当然考えていい筈だ。……とすれば、それを見越して、参吉としては大きな活動をしてもいい場合だった。しかし是れだけではまだ資料が足りない。中沢証券の社長の懇願を、大蔵大臣は拒絶したかも知れないのだ。その二人の話の内容を知ることが、今は一番大切だった。料亭芳村から帰っていくとき、中沢の社長がどんな顔をしていたか。笑っていたか渋い顔をしていたか。

参吉はそれが知りたかった。だからもう一度、萩乃の家に電話をかけてみた。

「あら、あの時、どうだったかしら……」と萩乃は電話口で言った。「ええとね、そう、私がお座敷へ行って間もなく、大臣はお帰りになってね。そのあと、社長さんも重役さんも、とても賑やかでしたよ」

よし解った、これで一億ぐらいもうけてやる……と参吉は思った。

何かが動いている

九州のF―川の奥にダムを築いて大発電所を建設する計画に関連して、電力建設会社の財部総裁は、県有地、村有地、私有地の買収のことで、県知事や村長や地主たちと基本的な談合をする必要を生じ、三度目の九州出張に出かけた。それをすませて福岡から飛行機で帰京したのが五月三十日の夜だった。買収の見透しはほぼ付いていた。

あくる朝、彼は早く眼をさまし、朝食前に盆栽いじりをやった。六十四歳になって、まだどこにも病気はなかった。青年時代には柔道四段をとった頑健で骨太な体格だった。いまは盆栽つくりが趣味で、碁は素人三段をもらっていた。

朝食のあとで新聞の政治面を見ながら、今日は大臣に挨拶に行かなくてはならないと思った。彼は夫人にむかって、黒い服を出しておいてくれと言った。

八時半に車で家を出て、九時十五分に会社に着いた。着くとすぐに彼は秘書にむかって、「通産省へ電話をかけてくれ」と言った。「あいさつに行くからな。大臣の御都合を聞いてみてくれ」

総裁事務室に六年も住み馴れて、ここも半分は自分の家のような気がしていた。前総裁は任期なかばに辞職したのだった。辞職というよりは追い出されたような形だった。副総裁であった財部が昇格して総裁を継ぎ、残りの任期が終ってから更に重任した。それから満四年に近い。この九月の末で、彼の任期は終る。その後のことは通産大臣の指名できまる筈だった。

間もなく秘書が総裁の部屋をのぞいて、大臣は十一時に会うというお返事でした、と言った。財部総裁が九州出張中に、内閣の一部改造が発表された。横山通産大臣は辞任して、そのあとに党の総務会長であった大川吉太郎氏が就任した。認証式は一昨日だった。電力建設会社はほとんど国営会社と同じ性格をもっており、通産大臣の直接監督を受ける立場だった。したがって財部総裁としては、出先から帰京したら即日あいさつに行かなくてはならない。それが当然の儀礼だった。

しかし本当のところ財部総裁は、挨拶に行くのは気が進まなかった。前の横山通産大臣は財部と同じ官僚出身で、総選挙のときに横山氏のためにも奔走したこともあり、いわば気ごころの通じあう仲であった。しかし今度の大川通産大臣は新聞社の経済記者から政界にはいって来た、純然たる政党人であり、かつまた官僚ぎらいで党内でも有名なほどの人だった。従って財部とは膝《ひざ》を交えて話しあったこともない。どちらかと言えばお互いに嫌いあっているのではないかと考えられるような間柄であった。

だから総裁は出張さきの九州で、大川氏が通産大臣に決定したと聞いたとき、自分が総裁をつとめるのも今年の九月まで、あと三カ月限りだと思った。いずれは大川氏が自分の配下の誰かを総裁に指名することになるだろう。したがって、今から挨拶に行ってみても、どうせ冷たいあしらいをされることだろうと覚悟はしていた。

十五分まえに、総裁は会社を出た。通産省に着いたのは十一時にまだ七分まえだった。長い廊下を彼はわざとゆっくり歩いた。十一年前までは、彼自身この役所の役人であった。その当時から電力関係をほとんど専門に担当して来たので、電力行政に関しては隅から隅まで知り尽していた。その頃は監督する立場であり、今は社会的地位は上っても、役所からは監督される立場だった。

十一時三分まえに彼は大臣室に着き、秘書の青年に来意を告げた。そして直ぐに大臣室に通された。

大川通産大臣は小柄で色が黒くて精悍《せいかん》な眼つきをした男だった。鬢髪《びんぱつ》が銀色に光っていて、それが針のように見えた。彼は机の前に立っていた。立ったまま、ちらと財部の方を見たが、両手は机の上の書類をかたづけていた。

「十一時の約束をしたがね……」と彼は挨拶ぬきで大きな声を出した。「いまから緊急閣議があるんだ。急に呼び出しが来てね。だからゆっくり話をしていられないんだ。またそのうち時間を見つけるからな。私の方からも少し相談があるんだよ」

書類を重ね終ると大臣は部屋の中を大股《おおまた》で横切り、壁にとりつけた扉をひらいて上着をとり出すと、あわただしく袖を通した。財部総裁は何を言う間も無い。こういうあしらい方をされるであろうことは、一応は覚悟していたのだったが、それとは別に、彼は大臣の言葉尻に、気持がつまずいた。大臣は部屋の中を歩きながら、(私の方からも少し相談があるんだよ……)と言ったのだ。大臣は二日前に新任したばかりだ。その人から相談というのは、財部を任期一杯でやめさせようという考えではないかという気がした。

「いつでも、御都合のよろしい時に参ります」と総裁は自分でうなずきながら答えた。別に相談をされるまでもない。九月が来たら任期は自然に終るのだ。

大臣は上着を着終ると、部屋の中を見廻した。自分の部屋に、この人はまだ馴染《なじ》みが無いのだ。何か忘れものが有るような気がしていたに違いない。それから自分で扉を開けて出て行こ

うとしたが、急にふりかえり、鋭い眼のなかに僅かばかりの笑みを浮べて、

「総裁にはな、留任してもらうことになってるから、そのつもりでやってくれ」と、声を低くして言った。そして客を部屋の中に残したまま、秘書を連れていそぎ足で廊下へ出て行ってしまった。

財部総裁は十歩ばかり遅れて大臣室を出た。(留任してもらうことになっている……)という今のひとことが、胸につかえていた。そんな筈は無いのだ。しかし大臣が自分で留任してもらうと言ったからには、留任に間違いは無い。明るい気持で喜んでいい筈だった。けれども彼はすっきりと明るくはなれなかった。

留任したらどうなるだろうか。何かしら気ごころの喰い違った大川大臣の下で、今後四年間も総裁がつとまるだろうか。大きな仕事が幾つも残っている。ひとつひとつ大臣の指示を仰がなくてはならない。

しかしそんな事よりも、なぜ大臣はいま、あわただしく出て行く直前に、他人をはばかるような言い方で、あんなことを言ったのだろうか。一昨日は認証式だった。それから最初の閣議と、形式的な事務引き継ぎや新聞記者との会見などで、その日は終った筈だ。大臣が大臣として何かの仕事をした時間は昨日一日だけしか無かった。そのたった一日のあいだに、電力建設会社総裁の後任人事までも決定するような仕事が出来るだろうか。総裁の任期はあと三ヵ月ある。一日を争って後任人事をきめなくてはならないような事情は、何も無い筈だった。新任の

大臣としては、もっと直接的な責任のある、もっと大きな、緊急の仕事がいくらでも有る筈ではないか。……

そこまで考えて来ると財部総裁は、何か一種不気味なものを感じるのだった。彼は玄関で車に乗ると、腕を組んで眼を閉じた。何かが有る。何であるかは解らないが、大臣が就任すると直ぐに、電力建設会社の総裁の人事を決定しなくてはならないような、何かが起っているに違いない。それが、現に総裁である財部自身には何もわかっていないのだ。

新任の大臣が、自分の勢力を確立するために、省内の人事を動かし、省外の直轄事業の首脳部を入れかえるのは、誰でもがやる事だ。その事には何の不思議もないが、僅か一日のあいだに財部の留任を決定したというのは理解し難かった。留任させるからには、留任させないと都合の悪いような事情が何か有るに違いない。……しかし財部にはどう考えても、そのことの見当がつかなかった。

本社へ帰って玄関まえで車を降りると、ちょうど玄関から出て来た背丈の高い男に会った。日本政治新聞社社長の古垣常太郎だった。

「ああ、総裁……」と彼は大きな声を出した。「お留守だったから帰ろうとしていたところでした。通産省ですか」

「うむ……」

「大臣は何か言いましたか」と、いきなり質問をするところはいかにも新聞記者だった。言いながら彼は総裁のあとについて、また玄関をはいった。

「いや、別に……」

「ただごあいさつですか」

「まあ、そうだね」

「どうです、今度の大臣は……？」

「どうと言って、何だね」

「大臣の印象ですよ。なかなか鋭い男でしょう」

鋭い……？……と、財部は考えた。いかにも鋭い。しかし、彼は自分の鋭さを意識して、わざと鋭く見せかけようとしているのではないだろうか。或いはわざと他人の意表を突くような行動をして、（鋭い男）という評価を得ようとつとめているような所はないだろうか。あの鋭さは危険だ、と財部は思った。あの人はきっと政治家としては、やり過ぎて失敗することが有るに違いない。そして彼がやり過ぎて失敗した場合には、かなり多くの被害者が出るだろう。

古垣常太郎は総裁の部屋までついて来た。そういう無作法が許される程度に、彼は財部と親しかった。政界や財界の首脳部に親しい人を多く持つことが、新聞記事の取材のためには是非とも必要であった。相手がすこしでも心の隙を見せれば、古垣はすかさず相手のふところまで滑り込もうとする。しかし相手は必ずいつも或る垣根を置いて、そこから奥までは古垣を入れまいとする。つまり彼等には秘密が多いのだった。その秘密な部分を、古垣は何とかして探り出そうとしていた。彼にとってはその秘密が（特だね）だった。

客用の煙草を無遠慮に取って火をつけながら、

「九州はどうなりました？」と古垣は腕椅子の中で足を組んだ。

「きのう行って来たところだよ」

「そうですか。もう準備完了ですか」

「完了とまではいかないね」

「いつから着手ですか」

「さあ。……まだずっと先だ」

「総裁の任期は九月まででしたね」

「そうだよ」

「すると、九州の仕事は後任総裁の手でやることになりますか」

「まあそうだね」

「あなたは留任しますか」と古垣は財部の胸の中の急所を突くようなことを言った。

「そんな事が私に解るもんか」

「大臣は何か言わなかったですか」

「うむ……大臣とは僅か一分ほど、立ち話をして来ただけだ。緊急閣議があるとかいうことでね」

「なるほど。……しかし、どうです。九州はせっかく総裁が立案してお膳立てしたんだから、自分の手で完成したいでしょう」

「そういう気持は有るさ。しかしそんな個人の感情は問題にならんよ」

「総裁が引退されたら、後任は誰です。誰かこれというような適任者が居ますか。居ないでしょう」

「そんな事は私が考える事じゃないよ。大臣が適当に考えたらいいんだ」

「まあ理窟はそうですがね。しかし適任者が居ますか。電力建設は専門知識が必要ですから誰でもという訳には行きませんよ。やっぱり総裁は留任だな」と古垣は言った。

　そういう言い方で相手を喜ばせようとする意図が見えていて、少し下品だった。財部総裁はそれには答えずにうすす笑いを洩らしていた。

「総裁はまだ若いんだから、もう一期というところですな。ほかにいませんよ。……まあ、どうしても無ければ若松副総裁を昇格させるという位のところでしょう。しかしね、正直なところ若松副総裁ではまだちょっと、重味が足りませんからね」と古垣は、終りの方は大きな地声を低く抑えて言った。

　副総裁の昇格……と聞いた瞬間、財部は自分の胃のあたりが苦くなったような気がした。任期が終って退職することを考えたとき、最初に彼の頭に浮んだのはその事だった。退職すること自体は、むしろ当然であって、別に感情に引っかかるようなものは無い。退職ののち、どんな仕事をするか。それもまだ考えなくてもいい。しかし自分のあとに若松が任命され、自分の坐り馴れた総裁室に若松が坐るとなると、釈然としないものがあった。

若松は純然たる技術畑の出身で、水力電気に関しては知り尽している男だった。自分で手がけたダム建設や発電所建設も、二十以下ではない。日本中のダムと発電所とを自分の眼で見て来たような人間である。官僚出身の財部とは、その経歴が違うように、その意見も喰い違ったところが多かった。

財部も電力の問題については精通しているが、彼はいわば机の上で精通している方であり、若松副総裁は現場で叩き上げて来た方である。若松の考え方は現場の技術を基盤にしたものであり、財部の考え方は電力行政的な立場が強い。その立場の差が、二人の意見の差となって、彼等の関係を、表面は円満ではあるが、何か底冷たいものにしているのだった。

「副総裁にはきのう、大臣室の前でちょっと会いましたよ」と古垣は独りごとのような言い方をした。

副総裁が新任の大臣に挨拶に行くのは当然のことだった。しかし財部はそれを聞くと何となく嫌な気がした。挨拶は、先ず総裁、そのあとで副総裁という順序になるべきものだった。総裁が出張中であったから、とりあえず若松が代表して挨拶に行ったというのならば、特に咎《とが》め立てするような事ではない。しかし副総裁はそのことについて、財部にまだ何の報告もしていないのだった。順序が逆になったことについて、総裁の諒解《りようかい》を得ていない。

すると、何かしら総裁を出し抜いて若松が、大臣に忠勤ぶりを見せに行ったのではないか、という疑惑も生れて来る。もっと悪く想像をめぐらして考えれば、総裁の任期はあと三ヵ月で終るので、そのあとの椅子を覘《ねら》って、大臣に働きかけようという魂胆もあったかも知れないのだ。

しかし大川大臣はさっき別れぎわに、(総裁には留任してもらうことになっている……)と言った。あの言葉にまちがいのない限り、若松副総裁の運動は効を奏していないのだ。しかし大臣がなぜ、昨日一日のあいだに財部の留任を決定したのか。それだけは解き難い謎だった。

「ええと……君どうだ。少し早いが昼飯を食べに行こうか。どこか近いところで……」と財部は言った。古垣という男には本当に心を許している訳ではなかったが、こういううるさい男を敵に廻してはならないのだ。古垣の新聞はかなり怪しげなものではあったが、政界財界の上層部に無料で配布されているという、その宣伝力は警戒しなくてはならなかった。味方につけて置けば、また何かの時に利用することも出来ると彼は思っていた。

彼等が部屋を出ようとしているところへ電話がかかって来た。総裁は立ったままで受話器をとった。

「竹田建設からお電話でございます」と交換手の声がきこえた。

「竹田建設の、誰だ」

「朝倉専務さんです。おつなぎ申します」

はてな……と財部は思った。仕事の上から言えば、土建会社とは切っても切れないような縁がある。竹田建設から電話がかかって来ても何の不思議もない。しかし今さし当って、電話が来そうな用事は無かった。九州F——川ダムの事かも知れないという気もしたが、財部と竹田建設とはあまりしっくり行ってはいなかった。高尾川ダムの漏水の件で一層両者の関係は悪化しているのだ。

先方が電話に出てきた。朝倉専務のしわがれたような太い声だった。そしていきなり、(もしもし、若松さん?……)と言った。(もしもし、副総裁ですか。もしもし、朝倉ですが……)

財部総裁は黙って受話器を置いた。交換手がまちがって総裁室につないでしまったらしかった。嫌な気持だった。今朝から何となく割り切れないような事が続く。竹田建設の専務がなぜ若松に電話をかけて来たのか。いうまでもなく先方から総裁に直接ではなく、副総裁との間で事務的な連絡をとったり、下相談をしたりするような用件は無数にある。したがって、ただそれだけの事を疑わしく思うわけには行かない。しかし副総裁と財部とはどうも巧《うま》く行っていないし、竹田建設との間も巧く行っていない。気を廻して考えれば、竹田と若松との間で、総裁をぬきにして何かの密談が交わされているのではないかと、思えば思えなくもないのだった。

若松と竹田建設とは以前から特別な関係があったらしいことを、総裁は感づいていた。高尾川ダムの入札についても、若松が何か秘密な連絡をしたのではないかと疑われる節もあった。

彼は古垣と並んでエレベーターにはいり、一階まで降りて行きながら、胸さわぎのような一種の不安を感じていた。何かが有る。どうも何かが有りそうだ。……しかしその何かが、どうしても正体が解らないのだった。

夜の密約

退社時間の五時になっても、初夏の夕日はまだ暑いほど照っていた。若松副総裁は時計を見てから、また一本の煙草をすった。約束の七時までには時間があり過ぎた。普通の勤め人は五時が来ると、あとは用のない自由なからだだった。

しかし副総裁にとっては夜こそ最も大切な活動の時間であった。日中は会社のために働く。そして夜は自分のために働くのだ。自分を建設し、自分を発展させるために。……権勢慾と名誉慾と物慾と、要するに自分の慾望に奉仕するための時間だった。そのためには先ず健康でなくてはならない。水力電気の建設現場で鍛えた躰は頑健で、夜毎の酒宴にもいささかの疲れもなかった。朝は鉄亜鈴を振り、それから朝風呂にはいり、そのあとで水を浴びる。五十七歳のはたらき盛りだった。

五時十五分に彼は社の車で外へ出た。そして市ヶ谷の堀の上にあるゴルフ練習場に行った。ワイシャツを脱ぎ、肌着一枚になって約百五十のボールを打った。ゴルフは十三年も前からやっているが、暇がないのであまり上達はしない。そこを出てから再び車で銀座に出ると、行きつけの床屋へ寄り、ここで会社の車を帰してしまった。今から後の行動は会社にも秘密だった。理髪を終って外に出ると、初夏の永い日もようやく暗くなろうとしていた。副総裁はタクシーを止めて、赤坂まで走らせた。赤坂の街はいま夜をむかえて、潮騒のような重いどよめきの底にあった。黒光りする大きな車の列が、静かに流れ、淀《よど》み、静かにめぐり、乗って来た中年老年の男たちは、馴染みの料亭の玄関を静かにはいって行く。料亭の裏口からはきりりと着飾った妓《おんな》たちが華やかな影のように吸い込まれて行き、めぐらされた高い板塀《いたべい》の奥は意外にもしいんとしていた。

この静寂が、外の一般庶民の歓楽街とは違うところだった。絃歌の音はほとんど聞えない。大部分の客は遊びに来たというよりは、密談に来ているのだ。胸中に策を秘めて、打算と謀略と駆け引きの秘術をつくしながら、静かに酒杯をかたむける。ここは日本の政治の楽屋裏、日本の経済の台所だった。あらゆる密約はここで結ばれ、あらゆる人間関係はここで色分けされて行く。新橋と赤坂、この二つの花柳の巷が、日本を動かして行く妖しい原動力になっているのだった。

若松副総裁はタクシーを料亭春友の玄関にきっちりと止めさせた。それは車を降りると同時に、誰の眼にもふれずに春友の玄関をはいってしまう為だった。下足番のはっぴを着た老人が小腰をかがめて彼を迎えた。玄関に出迎えた中年の女は客のひとりひとりを良く覚えていて、手落ちなく奥の座敷に案内させる。

　これで若松は誰にも見られずに、今日の密談の席に着いた筈だった。しかし明日の朝、下足番の老人は芸者萩乃の家の郵便受けに、彼のメモを投げ込むに違いない。（竹田建設朝倉さまと電力建設の若松さま……）そしてそのメモは数日ののちには石原参吉のファイルの中に記録されるのだ。秘密の裏にまた秘密があり、策略のかげにもっと深い策略があった。人間の悪智恵が、ここでは幾重にもかさなったりもつれ合ったりしているのだった。

　竹田建設の朝倉専務は先にきて待っていた。若松副総裁を上座に坐らせて、

「先程はどうも、電話で失礼しました」と言った。

　その電話が交換手のまちがいで総裁室にかかったことは、知らなかった。若松も知らない。この二人の密談は、密談がはじまる前から、財部総裁に疑われ、下足番の小坂にスパイされていたのだった。

　数人の芸者が呼んであったが、二人の用談のすむまでは控えの部屋で待たせてあった。座敷は二人だけの対坐だった。朝倉はもう六十を幾つも過ぎた老人で、皺の多い細面のしなびた男だったが、仕事にかけては竹田建設を一人で背負っていると噂される程の利け者だった。鈍いしわがれた声で、

「実はですな若松さん……」と言った。「大変な話が出て来たのですよ。おとといの日ね、官房長官に呼ばれて、えらい相談を受けた訳ですよ。まあ要するに政治献金ですがね」

竹田建設の政治献金が若松副総裁とどう関係があるのか。彼にはまだ解らなかった。朝倉はそれを順序立てて説明して行った。

五月十三日に、政府与党であるところの民政党は、党の総裁選挙をおこなった。現職の総理大臣である寺田総裁と、別に党内に大勢力を持つ酒井和明氏との総裁争いは、表面にはさほどの姿を見せなかったが、裏面の暗躍は醜態をきわめた。一説には政界はじまって以来の汚ない選挙とまで言われた。買収、饗応《きようおう》、自派の党員の罐詰め、裏切り、逆宣伝、等々。ありとあらゆる悪智恵の智恵くらべのようでもあった。一つの権力の座を二人が争うとき、彼等は最大の弱点をさらけ出す。その弱点につけ込んで自分を有利にしようとする慾深い連中は、二人の総裁候補者を利用するだけ利用し、取れるだけ取り、将来のための言質を要求し、数百人の党員から成る権勢慾と物慾との巨大な渦巻きをつくっていた。

その間、寺田総裁が買収その他に使ったかねが十五億と言われ十八億とも言われた。酒井派も同じく十七億から二十億と噂されていた。

選挙の結果は現職の総理が圧倒的な勝利をおさめ、再び総裁の地位についた。総理大臣の地位も従ってそのままであった。そこで寺田首相は選挙ののち、五月二十八日の夜、閣僚の一部更迭を発表し、改造内閣は翌二十九日から新しく発足した。このとき横山通産大臣は辞任して、そのあとに大川吉太郎氏が就任したのだった。

ここまでは一応寺田総理の計算通りに事ははこんだが、まだ後始末が残っていた。それは総裁選挙のために湯水のように使ったかねの清算であった。党員と言えば政治上の同志である。その同志が選挙に当って、総裁候補者の弱味につけ込んで、寺田と酒井とから取れるだけ取った。ひとり当り数千万円の買収費だった。彼等は（骨までしゃぶって）置いてから、寺田総裁を当選させた。

それが政治上の同志というものの実体だった。寺田総裁は総理という権勢の地位を十五億か十八億かのかねで買収したのだった。その金額はもちろん部外の誰も知らない。本当はもっと多額であったかも解らない。

そのかねの一部は、財界からの政治献金であった。寺田内閣を存続させる方が財界にとって有利だと考えた人たちが、その献金を以《もっ》て総理の地位に（突っかえ棒）をしたのだった。また他の一部は銀行からの借金であった。幾つかの銀行は共同して、無担保で数億の資金を融通した。これはあとで寺田総理が返済しなくてはならないものであった。但し一部は銀行業界からの献金に切りかえられたかも知れない。

それだけではまだ足りなくて、民政党の党資金からも数億のかねを（流用）したらしかった。党の資金を、候補者の一方だけに提供するという事は、党の立場としては非難さるべきものであった。しかし幹事長は寺田総裁派であり、内密に一時流用しても、直ぐあとで返して置けば党内をごま化すことは出来る筈であった。

選挙のすんだあと、寺田総理は急いで返さなくてはならない十億ばかりの借金をかかえていた。その金策の重荷を背負っていたのは、官房長官星野康雄であった。数日前に、彼が西尾秘書官を石原参吉の事務所に派遣して、至急に現金で二億の融資をしてもらいたいと申し入れたのは、そのためだった。落選した酒井派の議員から、党費流用の事実があったのではないかと追及されて、その難局をごま化すために、石原に緊急の借金を申し入れたのだった。

石原参吉は前科四犯、天下周知の高利貸しである。国家の法律が当然処罰する筈の高利な金融業者を、政府の官房長官が自分で利用しようとしていた。一方では法律の名において石原参吉を処罰し、他方では政府自身が彼を利用しようとしていた。これこそ嗤《わら》うべき（三権分立）であった。

石原参吉に金融を拒絶された星野官房長官は、多額の借金を背負って四苦八苦していた。そのあげく、彼は日本の最も大きな土建業者七社から、合計四億乃至《ないし》五億の政治献金をもらおうと考えたようであった。星野はその下相談として一昨日の夕刻、まず竹田建設の朝倉専務にこっそりと会った。場所は総理大臣官邸の、あの迷宮のような重苦しい建物の奥の方の、小さくて豪華な部屋であった。……

「私はね若松さん、これは困ったなと思ったんだ、実はね。……と云うのが、去年の春の総選挙のとき、土建業界は結束して政治献金をおことわりしたんですよ。御承知の通りね。あの時にいくらかでも出しておれば、今度はお断わり出来る。ところが先日の総裁選挙のときも吾々の業界は全然何も出しておらん。そこで官房長官としては苦しまぎれに、どうしても土建業界に助けて貰いたいという具合になって来たんですね。
こっちとしてはどうも、今度は只では断われない。いくらかでも出して格好をつけなくてはね。日ごろお世話になっておるところも多々有るんだから……。しかしそれが数億と云うけたになると、ちょっと話がむずかしい。数千万では先方にとっては役に立たない。だから私はお返事を保留して帰って来たんですがね」

若松副総裁は聞く側だった。芸者を遠ざけているので、彼は手酌で飲みながら、大きな机越しに朝倉の聞きとりにくい低声《こごえ》の説明を聞いていた。しかし是れまでのところでは彼には何の興味もない話だった。その程度のはなしは世間の噂や財界人の噂で、とっくに聞いていた。

「そこでね若松さん。物は相談だ。私たちだって道楽で土建屋をやってる訳じゃないんだ。一社で五千万、七千万というかねを政治献金しましたでは、株主総会で追及されたら説明に困るでしょう。こっちだってもうけ仕事だ。もうかるようにして下されば、政治献金でも何でもやりますよ。ただ献金しろと言われても、おいそれとは応じられない。そうでしょう」

「要するに話は何です」と若松は結論を求めた。

「話はね、あなたはもうお察しがついていられるでしょうから、ずばり言いましょう。……九州のF──川を私に下さい」

うむ……と副総裁は唸った。それだけ聞けばもう説明は要らない。F──川ダムは始めの予想以上にかねがかかって、恐らく四十六、七億の工事になるのだろう。土建業界がその工事を覗っているのは当然だった。

「F—川を私のところに貰えれば、私は黙って献金します。三億でも四億でも献金します。ほかの同業者に相談する必要はない。私のところだけでやります。それなら官房長官も助かるという訳だ」

「しかしね」と若松は独りごとのように言った。

簡単な売りもの買いものとは訳が違う。F—川の工事をあげましょうと気軽に言えるような仕事ではないのだ。政府直営にちかい電力建設会社の工事には、必ず規定の手続きによる入札が行われる。竹田建設よりも深川組や青山組が安く入札すれば、規定として工事はそちらへ行ってしまう。電力建設会社の建設資金はほとんど全部が政府出資であるから、不明不当の支出があれば国会の決算委員会で追及されることも有り得るのだ。

「私としてはね、是れまでの事もあるし、F—川は出来ることなら竹田にやって貰いたいと思っているよ。しかし思っているだけでね。約束する訳には行かんな。むずかしいよ。第一あんた、総裁が承知してくれないね。総裁は多分、青山組にやらせたい気持だろうからね」

「だって若松さん、総裁の任期は九月じゃないですか」

「留任するかもしれない」

「留任しそうですか。え?……」

「いや、そこまでは知らないがね」

「留任ももちろん、考えられますな。しかし、総裁が承知するかどうかとあなたは言いますが、あなたから言ったたって財部さんはうんと言わないでしょう。だから私はね、……官房長官から言わせようと思うんだ。官房長官または、今度の大川通産大臣から、じかに財部さんに、ひとこと言って貰うようにしたいんだ。是れならよろしいでしょう。……それとね、是れは私から言うわけには行かん。あんたから一つ官房長官に言って下さいよ」

「私がそんな事を言うのはおかしい」

「いや、おかしくない」と朝倉専務は自分より年のずっと若い副総裁を押えつけるような言い方をした。「ちっともおかしくない。そうでしょう。F―川を竹田にやらせて下さい。そうすれば竹田から四億の献金を約束させます……と言う話だ。官房長官は大助かりさ。こっちだって是れならば仕事になる。総裁がどう思っていたって、長官が言えば鶴の一声じゃないですか」

「しかし官房長官は電力建設に口を出す立場じゃないよ」

「筋から言えばその通りですよ。……筋なんかどうでもいいんだ。官房長官がじかに言おうと、通産大臣を通じて言わせようと、どっちだっていい。要するに財部総裁がいやと言えない筋から話を持って行けばいいんですよ」

「しかし入札をどうする？……いくら竹田にやらせようと考えたって入札ではずれたらそれっきりだ」

「若松さん、そんな素人みたいなことは言わないことにしましょうよ。入札なんかどうでもなる。今までだっていろいろやって来たじゃないですか。とにかく政府側とあなたの方とで竹田にやらせると腹をきめてくれさえすれば、必ずやれる事なんだ。もちろん竹田もうけさせて貰います。同時に官房長官は何億の借金を返せるんだ。長官も総理も助かる。竹田ももうかる。もちろんあなたにも充分なお礼はします。……え？……良い話じゃないですか。この話は財部総裁には持って行かれない。あなたの腹ひとつで芝居を打ってくれませんか」

若松副総裁は眼を伏せて、むやみと煙草をすっていた。それは彼の頭の中が忙しく働いている証拠だった。……この話は総裁には持って行かれない。総裁は竹田建設を嫌っているし、青山組との間には何か特殊関係を持っているらしい。

特殊関係がどの程度のものかは解らないが、総裁が一昨年渋谷の松濤《しょうとう》に邸宅を新築したときの工事は、青山組だった。鉄筋二階建ての立派な邸宅だ。たとえばそのときの二千万円の建築費を、青山組は一千万円に負けたというようなことだって、考えられなくはない。現に若松自身、三年まえに離れの二室を増築した時の竹田建設の工事は（未払い）という形式で今日まで、一銭も支払ってはいないし、向うも請求をして来ないのだった。したがってこういう事はお互いに、追及しないでそっとして置くのが常識であった。

財部総裁は九月で任期が切れる。当然後任問題がおこって来る。黙っていれば総裁の留任ということになるかも知れない。すると若松はあと四年間も副総裁の地位に甘んじなくてはならない。財部総裁を九月一杯でやめさせる為には、通産大臣や官房長官と緊密に結びついて、総裁を追い落すことを考えておく必要がある。

官房長官はいま莫大な借金の始末に困っている。その弱味につけ込んで、長官に恩を売ることが出来れば、後任総裁は自分の方に廻って来るかも知れない。(総裁は若松でなくては困る)ような腐れ縁をつくって置けばいいのだ。

しかし、巧く行くかどうか。若松が官房長官に話を持って行く。(四億の献金をさせますから、F――川の工事は竹田建設にやらせるように、長官から総裁に話をして下さい……)と。その結果、もしも総裁がやむなく承知して、工事を竹田にやらせることになったら、政治献金の手柄の半分は総裁に取られてしまうのではないだろうか。そのために官房長官と財部総裁とが共犯関係となって強く結びつき、若松副総裁は却って置き去りにされるのではないだろうか。

……

けれども、それでは青山組が承知しないだろう。公正な入札を要求して争うという事も考えられる。もしも総裁が竹田にやらせる事を承知した時には、若松としてはひそかに、極秘のうちに人を動かして青山組に内通し、逆に総裁と竹田建設との密約をぶち壊したらどうなるか。財部総裁はそのために失脚し、後任は若松にまわって来る。その時には敵味方が逆になるのだ。そして政治献金のはなしは駄目になり、F――川の工事は公正な入札をおこなうことになるだろう。……

「どうも、よく解らんが……」と若松は渋りながら言った。「まあ、ひとつ官房長官に会ってみるか」

「頼みますよ。あんただけが頼みの綱だ。何とかひとつ、片肌ぬいで下さい」

密談はそこで一応まとまった形になった。しかし朝倉専務の考えていることと、若松副総裁の考えている事とは、微妙に違っていた。朝倉は事業慾、若松は権勢慾だった。彼は竹田建設のためにこの話を承知したのではなく、後任総裁の椅子を覘う好機として話を承諾したのだった。しかし彼は数日前、新任の通産大臣が財部総裁にむかって、（留任してもらうことにきまっている……）と言った、その事実をまるで知らないのだった。

話がまとまると、別室で待たされていた芸者たちが、華やかに座敷にはいって来た。その中には萩乃もまざっていた。

或る雨の日に

梅雨の季節にはいる頃だった。蒸し暑い小雨が昨夜から降りつづいていた。若松副総裁はひとりきりで大きな車に乗っていた。星野官房長官と個人的に話をしたことは一度もない。ひと筋縄では行かない、一種の怪物だと聞いていたが、（内密に御相談したいことがあるから……）と面会を申し入れたところが、三時半に首相官邸で会うという返事が来た。しかし若松はなぜか今になって、一種の不安を感じていた。こんな話を持って行って長官が素直に受けてくれるかどうか。それが心配だった。やがて雨にぬれた車の窓ガラスを透して、官邸の褐色の建物がうるんで見えて来た。

車を降り、玄関の受付で面会を告げると、彼は廊下を幾曲りした奥の、真四角な小部屋に案内された。雨にぬれた裏庭が窓の外に見えていた。うす暗く重苦しい牢屋のような部屋だった。壁は厚く窓は小さく天井は低く、入口の扉は頑丈だった。そして外の物音のまるで聞えない、不気味なほど静かな部屋だった。

官房長官は右手をポケットに入れた気取った姿で、静かにはいって来た。足音をたてない、猫のように柔らかな歩き方だった。彼は若松が丁重に挨拶するのを、面倒くさそうに受けて腕椅子に坐った。縞の洋服の足を組み、テーブルの上から煙草をとって火をつけた。政治家というよりももっと繊細で神経質な感じの、伊達男だった。胸のポケットから青い線で縁取りをしたハンカチを見せていた。

「私は電力の方は一向に知らないんだが……どういうお話ですか」と彼はわざとらしいゆっくりした口調で言った。面長で、鼻の高い、眼つきの鋭い男だった。しかし自分の容姿に相当の自信を持っているらしいことが、少しばかり嫌味だった。

「はい。実は……」と若松は自分で気の迷いを感じて、口ごもった。「私は電力建設会社におりますので、土木業者とはいつも連絡をとっております。つい先日、竹田建設会社の朝倉専務から私は相談を受けまして……ちょっと重要な話なんですが、私の方の会社で近く九州のF—川に大きなダムを築造し発電所を建設することになっております。その工事を、朝倉専務は是非とも竹田建設にやらして貰いたいと、こう、申しております。それで、もし工事を請負わして貰えるようであれば、これは少し外聞をはばかる事ですが、相当程度の政治献金をしてもよいと言うことなんです」

「どこに政治献金するんですか」

「官房長官を通じて総理に、です」

「ふむ、なるほど」と星野はゆるやかに煙草をくゆらしながら言った。「……それで私に、どうしろという話なんですか」

「要するにF—川の工事を竹田建設が請負うことが出来るように、御尽力願いたいと云うことなんです」

「どういう風に尽力すればいいんですか」と長官はまた言った。何だか意地のわるい質問だった。或いはわざと呆けていたのかも知れなかった。

「私の方から、どうして頂きたいと、お指図がましい事は言えませんが、長官のお立場から何とか一つ、お口添えを頂ければ好都合だと考えておりますが……」

「あなたは電力建設の副総裁でしたね」

「はあ。そうです」

「竹田建設とは、どういう御関係ですか」

「それはもちろん土木業者ですから、仕事の性質上、いつも連絡はございます」

「連絡があるのは竹田に限ったことではなくて、深川組や青山組や、そのほか有数の業者とはみな連絡がある訳でしょう。どうして竹田建設の便宜だけを図ってやろうとなさるのですか」

若松はじりじりと問いつめられて腋《わき》の下に汗を掻《か》いていた。しかし頭の中では、（この野郎は何という狸《たぬき》だろう）と思っていた。解っているくせに呆けているのだ。

「それは長官、さっきも申しました通り、竹田建設の方では政治献金の用意があると申しておりますから、長官の方でも何かと御便宜があろうかと考えた次第でして、私自身は別に竹田建設と個人的にどうこうと云うことは御座いません」

「ああそうですか。……しかしですな、私は電力関係や土木関係に直接口を出すような立場ではありませんよ。官房長官はそんな役目は持っていませんからね」

「それは存じております。ですが、承るところでは先頃の総裁選挙のあと始末のために、長官はいろいろお骨折りだということですが、そのために朝倉専務に対して、土木業界からの献金を希望していられたと聞いております」と若松は言ってのけた。彼としては星野長官の痛いところを突いてやったつもりだった。

すると星野は新しい煙草をとって咥《くわ》えながら、

「そんな話をしたことはありませんよ」と言った。「土木業界は昨年以来、一切献金はしないという申合せでしたからね」

若松副総裁は愕然《がくぜん》となった。そんな筈ではない。もし本当に長官が何も言わなかったものならば、朝倉専務が若松にたのんで長官との面談をさせる筈はない。長官が承知の上で嘘をついているとすれば、何か嘘をつかなくてはならない必然性があるに違いない。長官にむかって彼の嘘を問いつめてみても、若松の側に勝ち目はないのだ。長官の周囲で、この迷宮のような官邸の中で、何か変なことが起っているに違いない。しかしそれを追及する手段はないのだ。

「総裁は、どうしています？」

と、星野長官はいきなり質問した。

「はあ、総裁はいろいろ忙しく駆け廻っています」

「今日の、あなたのお話は、総裁の命令であなたが来て下さった訳でしょうな。……総裁はもちろん、この話を御存じなんでしょうな」

若松ははっと顔を伏せた。こうまで追いつめられてしまっては、言ってしまうより仕方がないのだ。

「総裁は、実は、竹田建設との間でいろいろ意見の喰い違いがありまして、今度のF―川の事業も、竹田にはやりたくないという意嚮《いこう》のように思われます。それでは政治献金も出来なくなりますから、長官からか、或いは通産大臣からか、何とか一つ財部総裁にお話をして頂きまして、竹田建設に請負わせるように御心配して頂けますればと私は考えております」

「そんなことは私のする事じゃありません」と長官は投げ棄てるような言い方をした。

「そうですか。……それではどうも、致し方ありません。何だか、余計なことをお耳に入れたようで、失礼しました」

「あなたは竹田建設にやらせようとおっしゃるが、工事はみな入札でしょう」

「はい」

「私が仮に竹田を指定しても、入札ではずれたら駄目になる訳でしょう」

「まあ、原則としてはおっしゃる通りですが、それにはまた裏もございますから……」

「なるほど。ところで私の聞いたところでは竹田建設というのは、いろいろ評判が悪いようですな。そういう点はどうですか」

「いえ、そんなことは無いと思います。やはり第一流の業者ですから、大きな工事になりますと一番信頼できるのではないかと考えていますが……」

星野長官の頰にうす笑いが浮んだようだった。そして彼はゆっくりと立ちあがった。お前などには用は無いと言うような態度だった。

彼のうしろ姿に頭を下げて、若松副総裁は解りにくい廊下を幾曲りして玄関に出て行った。雨はまだ降っていた。一体どういう事になっているんだ……と彼は思った。朝倉専務にそんな献金の話などしたことは無いと、長官はぬけぬけとして言ったではないか。それは嘘にきまっている。しかしなぜそんな嘘をついたのか。方針が変ったのか、ほかに金策の道がついたのか、何かを警戒しているのか。若松は恥をかかされた気持だった。しかし彼はF—川の工事はやはり竹田にやらせるつもりだった。竹田建設には義理もある、利害関係もある。財部総裁の推す青山組が工事を請負うことになったら、竹田は若松副総裁に見切りを付けるような事にもなり兼ねない。意地もあり、慾もあった。

彼は会社へは帰らないで、車を遠廻りさせて都心にあるホテルへ寄った。そしてそこから竹田建設の朝倉専務に電話をかけた。相手は若松からの話を聞くと例のしゃがれ声で言った。

「ははあ、そうですか。あの人はそういう所がありますよ。用心ぶかいんですな。ええ解りました。それならそれで、こっちも別の手を考えます。どうも御迷惑をかけました。いずれ改めて御挨拶申します」

それを聞いて若松は、しぶとい男だと思った。官房長官がどんな態度を見せても、そんな事で退くような人間ではなかった。何か図太い自信をもっている。その図太さは、巨額のかねを自由に動かせるというところから来たものであったかも知れない。無理を押し通すだけの力がなくては、大きな事業はやって行けない。従って彼等はしばしば犯罪と紙一重のところで仕事をしているのだった。

五時すぎまで来客があった。その客が帰ったあと、財部総裁は帰り支度をした。そこへ電話がかかって来た。相手は日本政治新聞社社長の古垣常太郎であった。

「ああ、総裁、古垣ですよ」と彼はいつになく低い声で言った。

その声を聞くと財部は古垣の痩せて黄色い顔を思いうかべた。妙な男だった。自分の新聞記事をつくる上では、いろいろとあくどい事もしているくせに、不思議な一種の正義感を持っていた。多くの政治家や財界人の中でも、嫌だと思う男は徹底的に嫌がる男だった。そういう好き嫌いのためには自分の利益をも棄て去るようなところがあった。つまりひと口に言うとやくざめいた男だった。自分では正義の士だと信じているらしい。それが古垣の気の強さの原動力であった。彼はどういう訳か財部に対しては胸襟《きょうきん》をひらくような態度を見せていた。それは財部が何度か古垣の仕事の利益になるような便宜を与えて来たという事から来ているらしかった。古垣は総裁の乾児《こぶん》みたいでもあった。総裁のことが古垣の新聞に書かれる時には、本人が恥ずかしく思うくらいの讃辞がつらねてあるのだった。

「あのね総裁、ちょっと変なことをうかがいますがね。これは僕の直感で言うんで、何でもなかったら一番いいんですが、……総裁は今日、若松さんをどこか使いに出しましたか」

「使いに?……知らないね、何のはなしだ」

「実はね、もっと正確に言うとね、総裁は今日、何かの用事で若松さんを、官房長官のところへ行かせましたか。……いや、是れは少しむきつけだったかも知れませんな。もしも内密な用事か何かだったら、私は黙っています。取材も何もしません。つまり私が一番聞きたいのは、若松副総裁が官房長官を訪問したことは、総裁も御承知のことかどうかという、それだけの事なんですよ」

「それを君はどうして知っているんだね」

「秘書官に会おうと思って首相官邸へ行ったんですよ。門のところで若松さんの車とすれ違ったんだ。だから受付の人に聞いてみたところが、官房長官に面会だったと言うんです。私はね、直感的に何だか変な気がしたんですよ。

若松さんが総裁に知らせないで、何か変な動き方をしているんじゃないかな、というような。……まあ、私の勘ぐりかも知れませんがね。しかし九月までで総裁の任期が終るわけですから、後任の問題もあるのでしょう。ちょっと心配になったから聞いてみたかったんです」

「ああそう。それはどうも、有難う」と財部は何気ない口調で答えた。「別に何でもないでしょう」

「ははあ。それでは総裁は、知らなかったんですか」

「いや、知らない事はいくらでも有りますからね」と財部は鷹揚《おうよう》に笑って、電話を切った。

しかし副総裁がいまさし当って官房長官に会わねばならぬような用件は、心当りがなかった。第一若松は、星野官房長官とは交際はなかった筈だ。電力建設会社として用事が有るとすれば、総裁を通さないで星野に会いに行くというのは、筋が違う。してみればそれは若松の個人的な暗躍とも考えられる。内閣改造の翌日、財部がまだ九州出張中に、若松は新任の大川通産大臣を訪問したという事実もある。あの時も総裁を出しぬいたような行動、今日も総裁を出しぬいたような行為だった。

若松が何かやっている。やるだろうということは当然予想された。総裁は任期の終りが迫っている。彼が後任総裁を覘って暗躍するだろうということは解りきった道筋だった。頭の切れる男で、抜け目のない男で、野心満々たる男だ。しかし監督官庁は通産省だ。それを若松はなぜ官房長官を訪ねたのか。その辺のことは財部にも推測がつかなかった。けれどもいずれにもせよ、何かが動いている。財部の身辺をめぐって、財部には全く何も知らせないで置いて、何かがひそかに動いている。それが不気味だった。しかし総裁は通産大臣にはじめて挨拶に行った時の、大臣の言葉を忘れてはいなかった。(君は留任してもらうことになっている)(私の方からも少し相談があるんだよ)……。

総裁は会社の玄関から車に乗って、内濠《うちぼり》の半蔵門にちかい末広旅館という日本風の旅館へ行った。これは財部の常宿で、彼のために離れの八畳と四畳半とがいつも空けてあった。会社ではできないような要談、赤坂の料亭などでは人眼に立ち過ぎるような密談をするのに、彼はよくこの旅館を使っていた。いわば財部個人のアジト、秘密の連絡場所であった。

この日は約束どおり通産省の吉岡部長と早川課長の二人が、別々に財部を訪ねて末広にやって来た。二人とも元は財部の部下であった。三人で食卓をかこみ、酒を飲みながら、総裁は二人の客から通産省内部の動きについて、いろいろな話を聞いた。電気行政についての新しい通産大臣の考え方。水力電気の電源開発についての今後の方針。火力発電に重点を移して行こうとする意見と、その事の得失。新任通産大臣の性格や、人事についての彼のやり方……。

そういう話の中から財部は、省内のこまかな動きを察し、大臣更迭後の新しい傾向を探ることが出来るのだった。通産省の支配下にある電力建設会社の総裁としては、そういう知識がどうしても必要であった。財部にとってこのような会談は、省内の機密をスパイするというよりは、必要な勉強をすることであった。自分一身のためでもあるが、同時に会社のためでもあった。しかしこの席で財部は、任期満了後の後任の問題や、若松副総裁についての疑惑に関しては、ひとことも触れなかった。そうした話題にふれることは、この二人の後輩に対して、財部の誇りが許さなかった。古垣常太郎に対してもそうだった。彼は一種の頑固者であり、一種の硬骨漢でもあった。

八時すぎに二人の客が帰ったあと、財部は車を呼んで渋谷松濤の自宅へ帰った。帰るとすぐに夫人が玄関に出迎えた。最初の妻は八年まえに病死して、現在の夫人は（芸者あがり）だった。

「あなた、青山組の金丸さんから二度も電話でしたよ。今夜のうちにお話ししたい事があるんですって……」と言って、彼女は先方のいまいる所の電話番号を書いたメモをさし出した。

彼は上着をぬいだばかりで、直ぐに電話をかけてみた。甘ったるい女の声がして、間もなく金丸常務の声に変った。金丸は愛人を住まわせているアパートに行っているらしかった。

「ああ、総裁ですか。夜分に済みません。至急にお耳に入れて置きたい事がありましてね。これはまだ単なる情報に過ぎません。確かな証拠はないんです。無いんですが、どうも本当らしい。要するにですな、九州のF―川の工事、あれを竹田建設にやらせようという計画……計画というより謀略ですな。それが有るらしいんですよ。それもね、通産省の内部だか若松副総裁の方だか、どこから出て来たものか解らないんですがね。しばらくね、気を付けていて頂けませんか。何だか変な動きがあるんですよ。……」

そこまで聞いて財部は、少し解ったような気がした。若松が総裁を出し抜いたような行動をしているのもそれであったかも知れない。やはり問題の中心はF―川であったのだ。しかしこの問題に星野官房長官が関係するというのは筋が違う。そこが解らなかった。そしてまた大川通産大臣が、新任の翌々日に財部の総裁留任を告げたこととどういう関係があるのか。（私の方からも少し相談がある）と大臣が言った、その相談とはF―川に関連したものであったのかどうか。……

電話を切ると彼は裸になって風呂にはいった。湯ぶねの中でも、いまの金丸の話が頭から離れなかった。あの工事を竹田に渡すわけには行かない。彼と青山組との間には深い密約がある。誰も知らない密約だった。密約は、それが秘密であればあるほど、男の面目にかけても厳守しなければならない。もしも通産省がF―川を竹田に渡すとすれば、その時こそ自分の危機だ……と財部は思った。任期はあと三カ月で終ろうとしているのだ。

膝詰談判《ひざづめだんぱん》

それから三日ほどの間は、何事もなかった。F―川の工事を竹田建設にやらせようとする陰謀があると言って来た青山組の金丸常務からも、その後の消息はなかった。財部総裁としては、それをこちらから（何か解ったか……）と訊《たず》ねてみるのも、心中の不安を見透かされるようで嫌だった。しかし何事もないこの数日のあいだに、総裁の知らない所で、何かが進行しているのかも知れなかった。政治新聞の古垣からも電話は来ない。この静けさが財部にとっては却って不気味でもあった。

若松副総裁は九州へ出張した。F―川の水利権の問題で、県庁とのあいだの交渉がまだ終っていなかった。出張は四日ぐらいの予定だった。

ところがその留守中の或る朝、いきなり通産大臣から財部に電話がかかって来た。相談したい事があるから、今から直ぐに来てくれというのだった。その電話の様子が財部には、何かしら向うの準備がととのったところで総裁を呼び出しに来たのだ、という風に受けとれた。彼は油断してはいなかった。しかし問題の中心がどこにあるのか解らないので、そのための用意をするという訳にも行かなかった。

梅雨がつづいていた。雲が低く垂れて、空は暗く、気持のすっきりしないような日だった。

通産省に着くとすぐに、彼は大臣室に案内された。

「さあどうぞ、まあかけたまえ、この前はせっかく来て貰ったのに、緊急閣議に呼び出されて、失敬しましたな」と大臣は明るい声で独りでしゃべった。

こだわりの無い言葉つきだった。それから机の上に置いた青い函《はこ》を示して、

「いま君、こういう物を貰ったがね。こんな物、役に立つのかね。何だか、空気の中のマイナス・イオンを増やす機械だそうだ。マイナス・イオンというのは人体に何か具合がいいのかね。使ってみてくれと言うんだが、総裁は電気が専門だから解りゃせんか？」と言った。

財部は警戒する気持になった。急に呼び出しておいて、そんな無駄ばなしをするというのは、却って今からあとの話の重大さを予感させるような不気味なものがあった。

「さあ、解りませんな。私は電力をつくる方でして、マイナス・イオンというのは電気の物理学的な応用面でしょう。同じ電気でも、ちょっと畑違いですよ」

「うむ、そうだな。……ところで総裁は碁が強いそうだね」

「そんなこと、誰が言いました？」

「通産省の古手はみな知っているよ。ここに居た頃から二段だったそうじゃないか。今は何段だ」

「まあ、素人三段をもらうには貰いましたが、どうも閑《ひま》がありませんから……」

「一遍教えてくれないかな」

「はあ。いつでも御相手させて頂きます」

「それはそうと、仕事のはなしだが、今度また九州のF——川に大きなダムを造るんだね」

「はい。いま、やりかけております」

「順調に行っているのかね」

「大体順調ですが、まだ水利権の問題などが残っていますので、いま副総裁が出張しております。私もちょうど大臣が新任されました時に九州へ行っておりまして、御挨拶が二日ばかり遅れたような訳です」

「まあそんな事はどうでもいいが、大体どのくらいの工事になるのかね。金額から言って……」

「ええと、最初の見込みよりも少し難工事になりそうでして、四十六、七億になるかと思います」

「ふむ。……通産省が電力建設会社に出しているかねは、年額どのくらいだ」

「今年度は約四百二十億になろうかと存じます。昨年度は三百九十二億でございました」

「なるほど。……それで、F——川の工事はいつから始まるんだね」

「それはまだ先になります。しかし遅くとも年内にはとりかかる段取りにしたいと思っております。それまでにいろいろ仕事がありますから、早くとも十一月になります」

「工事はどこがやる？」

「まだ決定しておりません」

「総裁はどこにやらせるつもりだ」

「いえ、それは手続きがございますから、私が勝手にきめる訳には参りません」

「どうだろう。そこで一つ相談だがね。その工事を竹田建設にやらせてくれないか」

大川大臣はずばりとそれを言った。言っておいて、頰に笑いを浮べた。何もかも知っているというような気味の悪い笑顔だった。財部はその顔を見ると、正体が現われて来たと思った。青山組の金丸常務が電話で警告を伝えて来たのは是れだった。もちろんこの話には竹田建設のなかでも俊敏と老獪《ろうかい》でもってその名の通っている朝倉専務の暗躍があったに違いない。

朝倉には良心が無い……と総裁は思っていた。あの男は渡りものの小さな請負師のように、あらゆる手段を尽して工事をごま化し、ごまかす事を悪いと思っていないのだ。日本でも一、二を争う土建業界の大会社でありながら、竹田建設の仕事が後になってから種々の事故を生じて来るのはその為だった。近くは高尾川ダムの漏水事件がある。あの事件だってまだ片付いてはいないのだ。

「それは……どういう訳でございましょうか」と財部は静かに訊き返した。

「いや、いろいろ訳はあるがね。しかし一々説明するという都合にも行かんのだよ。何も聞かないで承諾してもらいたいんだ。是れはね、筋道から言うと、私が君に命令するような事ではないんだ。君が主宰する電力建設が決定すればいい事だよ。それは解っているが、だから特に私から頼んでいるところだ。ひとつ君のはからいで、承知してもらいたい」

「しかし、どうも、あまり突然のおはなしでして、急に承知しろと申されましても、私と致しましては、総裁の権限で出来ることと出来ない事とございますから、その点……」

「解ってるよ。そんな事は当りまえだ」と気の強い口調で、大臣は押しかぶせるような言い方だった。「そんな事は君から聞かなくても解ってる。私ははじめから無理なはなしをしているんだ。いいかね。無理な事を君に頼んでいるんだよ。君は拒否する方が当然だよ。拒否もしないで、唯々諾々《いいだくだく》として私の無理を承知するようなことでは、総裁として誠に無責任であって、そんな者は失格だ。だから君が拒否したいという気持も私は解るし、別に不愉快だとも思わない。

しかしだよ、私はそれを万事承知の上で君に頼んでいるんだ。いいかね。もっとはっきり言えば、いけない事を承知で君に頼んでいるんだ。是れには訳がある。それを説明すれば君も解ってくれるだろうが、今はそれを言う訳には行かない。君は納得できないだろうが、何も聞かないで承知してもらいたい。

念のために言っておくが、是れは私利私慾で頼んでいるのではないよ。政治というものはね、君も永いあいだ役人だったから解っているだろうが、いろいろと裏がある。裏はたいてい汚ないものだ。しかしこの汚ない裏も、やはり政治のうちなんだ。……解ってくれるか」

なるほど、こういうところがこの人の鋭さだと、財部は思った。言葉はきびきびとしていて論旨は明確だった。説得力もあるし魅力もある。いかにも（仕事の出来そうな）男だった。そして人間としての幅もある。しかし何かしら危険だった。腕にまかせて仕事をやり過ぎることがありはしないか。やり過ぎてこの人が失敗した時には、沢山の被害者が出てくるだろう。警戒しなくてはならない人物だという気がした。

けれども大臣がここまで言うからには、財部としてもいい加減にお茶を濁しているわけには行かなかった。彼は腹を据えて答えなくてはならないように追い込まれていた。

「お話の筋はよく解りました」と彼は言った。「しかし、先程も申しましたように、総裁の一存で出来ることと出来ない事とがございます。電力建設会社は会社とは言いながら、ほとんど全額国庫負担の、国営会社であります。従って、一つの建設事業をやりますにも正規の手続きがきめられております。つまり、F──川建設工事の請負業者を決定いたしますには、正規の手続きによる入札をしなくてはなりません」

「そんな事は私だって知っている。承知の上で頼んでいるんだよ。さっきからそう言っているのじゃないかね。これ以上は私の口からは言いにくいんだ。だから解ってくれろと言うんだよ……。君の立場もわかっている。いろいろな義理もあるだろう。責任もあるだろう。正規の手続きから外れたような仕事には、それ相当の困難も伴うだろう。それをやってくれと頼んでいるんだ。わかるかね」

「どうすれば宜しいんですか」

「それは君がやる事だ。君が腹を据えてやるつもりなら、出来ない事ではあるまい」

「何のために私は、そんな不正な、かつまた困難なことをしなくてはならないのですか。一つ間違えば私は刑事被告人にもなり兼ねません。私の人生は滅茶滅茶になります。それでもなお私にしろとおっしゃるのでしたら、やはり、訳を聞かせて頂きたいと思います。事と次第によっては一身を犠牲にすることもいといません。しかし理由が解らないでは、私もお引き受け出来かねます」

それを言った時には財部も腹を据えていた。大臣にここまで楯ついたからには、総裁の地位も危なくなることは解っていた。しかし彼も一種の硬骨漢であり、意地っ張りでもあった。そして、これは大臣に言うわけには行かないが、青山組との間に切っても切れない因縁が出来ていた。第一、青山組の仕事ぶりが好きだった。

「そうか。君もなかなか頑固だな」と大臣は鋭く財部の顔を見ながら言った。

「いえ、決して我を張る訳ではございません。しかし正規の筋道を曲げろというお話では、どうも納得が行きません。もう少し詳しい事情を知りたいと思いますが、竹田は何か特別な条件でも申し入れている訳でしょうか」

「それは、今は言うわけに行かんと言うんだよ」

「さようですか。……それから、もう一つ伺いたいんですが、このお話は官房長官も御存じなんでしょうか」

総裁はそう言って置いて、大川大臣の表情を凝視した。ひとかけらの嘘でも見逃しはしないという風な凝視だった。大臣はしばらくためらってから、

「官房長官は御存じだよ」と言った。

財部は眼を伏せた。この話は、もはや彼ひとりの力では抵抗し得ないところまで固まっているらしい。彼の知らないうちに、むしろ彼に悟られないように警戒しながら、話が進められていたに違いないのだ。財部はもう一つ訊きたいことがあった。(それから、この事につきましては、うちの若松副総裁も知っておることでございましょうか……?)

しかしその質問を彼はためらった。自分で自分の穴を掘るようなことになってしまう。副総裁と官房長官と竹田建設と通産大臣とがみんな知っていて、ひとり財部総裁だけが今の今まで知らなかったというのでは、まるで自分の間抜けぶりを証明して見せるようなものだった。

それで解った、と彼は思った。古垣常太郎が官房長官を訪問した若松の動静に疑惑をもったのも、青山組の金丸常務が警告をよこしたのも、みな一連のものだった。相手の陰謀は相当に大がかりだ。みんな相互に連絡があり、相互に話は通じあっていると思わなくてはならない。多分、竹田建設の朝倉専務は相当に大きな金額をもって大臣や官房長官を動かしたものらしい。どうせかねが動いたにきまっている。けれどもそのかねは竹田から出て誰の手に納まるものなのか。……それだけはまだ財部には解らなかった。つまり一番根本のところだけが解っていな

かった。

「どうも、何分にも突然のおはなしでして、私の方は何も準備をしておりませんので、二、三日の御猶予をお願いしたいと存じます。そして、その間に副総裁ともよく相談しまして、お返事を申し上げたいと思いますが……」

と財部は静かな口調で言った。

副総裁の名を出したのは、彼の狡《ずる》さだった。何も知らないようなふりをして置くのが、相手を油断させるのには都合がよいのだ。とにかくここで即答をするのは得策でないと彼は思った。二、三日の余裕をもらって、その間に相手がどう動くかを見ていてもいいのだ。財部はいま自分より何歳か年下の通産大臣に、首筋をつかまえられたような形になってはいるが、それは大臣とその支配下にある会社の総裁という立場上、いたしかた無かった。しかし彼とても電力建設の総裁を六年もやって来た人間であり、民間の電力会社や土建業界を相手に、相当の手腕をふるって来た男だった。大臣に対しては下手《したで》に出ていたが、彼には彼としての画策もあった。

大臣は新任されてから三日目に、あいさつに行った財部にむかって、(君は留任してもらうことになっている)と言った。あの事に対する財部の疑惑はまだ残っていた。彼を留任させる事には何か目的があったかも知れない。つまり今日の話、(F——川の工事を竹田建設にやらせる)という不正手段に、財部総裁を巻き込もうという魂胆があったかも知れない。財部が承知しなければこの陰謀は成立しない。彼を留任させる事を交換条件にして、彼をこの陰謀に加担させようと大臣は考えていたのかも知れないのだ。

「そんなに君、考えなくてはならんかね。私に一切をまかせて、即答してくれるわけにはいかんかね。悪いようにはしないよ。……どうだね君」と大臣は更に言った。

「御配慮は有難う存じます。しかし是れは、ひとつ間違えば世間の疑惑を招くことにもなり兼ねません。やはり、二、三日考えさせて頂きたいと思います」

「うむ……まあ、それならそれでもいいだろう」と大臣は一歩だけ譲った。

しかし譲っただけではなかった。向いあった腕椅子から重々しく立ちあがり、大臣の事務机の方にゆっくりと歩きながら、何気ない様子を装って、

「ええと、総裁は、任期はいつまでだったかな」と言った。

その言葉は財部の耳に、脅迫ときこえた。言葉自体には脅迫的な文字はひとつも無いが、いままでの話の続きとして聞けば、脅迫の意味を感じない訳には行かなかった。言うことを聞けば留任させるが、あくまでもあの話を拒絶するならば、お前の任期の終りは迫っているぞ……というような言い方だった。

総裁はかすかに笑った。大臣……というよりも、この男のやり口、考え方が、彼は手に取るように解るのだった。闘志満々たる男、仕事のやれそうな男、鋭い迫力のある男ではあるが、そういう男というものが、えてして単純なのだ。押すことを知って引くことを知らない。強さの魅力だけを知っていて、(弱さの強さ)を理解しない。力まかせに何でも押し切ろうとする。

総裁は脅迫的とも思われる大臣の質問をやわらかく受けて、

「はあ、任期はこの九月の末までです。もう、六年も勤めてまいりました。ずいぶん永かったような気が致します」と言った。

「ふむ。……やめたら、どうするね」

「別にどうという事もございません。盆栽いじりでも致します」

「そんな年でもないだろう」

「いえ、もう、四方八方から苛《いじ》められるばかりでして、少々疲れました」

「まあ、さっきの話、ひとつ大至急に考えて返事をくれたまえ」と大臣は立ったままでいらいらと早口に言った。

総裁が即答をしないのが、彼は気に入らないらしかった。即答なぞ、絶対にしてやるものかと財部は思っていた。二、三日の猶予はもらったが、彼は思い直す気はなかった。彼の眼から見れば、始めて大臣になったのが嬉しくて、大川吉太郎はわくわくしているのだと思われた。何が何でも大きな仕事をやって見せて、大臣の腕前を示そうとあせっているらしい。財部は通産省にいた時代から通算すれば、十人以上の大臣につかえて来たので、大臣というものの人柄やくせや心理をことごとく知り尽していた。だから制度的な立場は彼の方が下であっても、仕事に関する知識や見識においては一歩も引かない程の自信をもっていた。

彼は丁重に挨拶をして大臣室を出た。長い廊下をエレベーターの方に向って歩きながら、来た時にくらべて気持は明るかった。つまりこの一週間ばかり胸につかえていたいろいろな疑惑の正体がわかって来たのだ。わかってみれば、あり来たりな事だった。不思議でも何でもない。要するに竹田建設が政治家を抱き込んで、大きな仕事を自分の方に取ろうというだけの話だった。しかしそのかねがどこへ行くのか。大川吉太郎の政治資金になるのか、官房長官を通じて寺田総理大臣の政治資金になるのか、その辺のことまではまだ解らなかった。

車は玄関のまえの広場で、雨にぬれながら総裁を待っていた。銀色の雨の中を黒い燕《つばめ》が流れるように飛んで過ぎた。近づいて来る車を待ちながら、この戦争はおれの負けだと、彼は思った。しかしただ呆んやりと負けてしまう訳には行かない。やはりやるだけの事はやって置かなくてはならないのだ。……覚悟はできていた。

偽りの正義

古垣常太郎の日本政治新聞は、社長をも含めてたった四人でこしらえている新聞だった。部数も毎号千三百しか印刷していない。それも一週間に一度ぐらいしか発行しない。従って大新聞が書くような記事をのせていたのでは、商売にはならなかった。大新聞が扱わないようなあやふやな話や、盗み聞きのような話や、ほとんど流言蜚語《ひご》にちかいような材料を大袈裟に書き立てて、人眼をひくという風な下等な新聞だった。取材はほとんど古垣ひとりの仕事だった。彼はいつも国会議事堂や議員会館のあたりをうろつき廻り、議員や官庁の役人をだれ彼なしにつかまえては話しかけてみるのだった。そうしているうちに、彼等の断片的な話がつみ重なり、それに古垣が適当に尾ひれを付け、臆測を加えて、新聞記事にするという具合であった。痩せて、背丈が高くて、黄色い顔をして、それで大きな声で話しかけて行く彼は、議員たちの間で烏天狗《からすてんぐ》と仇名されていた。

珍しく梅雨の晴れた夕方、彼は議事堂の廊下をうろついていて、党の役員室から出てきた通産省次官とぶつかった。平井次官は背丈のひくい、ずんぐり肥ったからだに禿頭《はげあたま》で、よくしゃべる男だった。小刻みの急ぎ足で歩くのに、古垣は長い足で歩調をあわせながら、

「次官、どうですか会議は……」と言った。

「なんにも進展しないね」と相手は屈託のない明るい調子だった。

「すると、やっぱりあれが祟《たた》っているんですか」

「え?……あれって何だね」

「例の、ほら、貿易代表団の中の二人ばかりを、入国拒否したでしょう」

「あれは拙《まず》かったようだね、どうもね。いまさら言っても仕様がないがね」

「そうですか。そうするとそれは、外務省の責任ですか」

「責任を云々《うんぬん》したって始まらんよ。これから先をどうするかね。そっちだよ」

「ああ、なるほど。……ところで次官、話は違いますが、電力建設の財部総裁ですがね」

「うん、どうかしたのか」

「いいえ。九月で任期が切れるでしょう。後任はどうなりますか」

「さあ、解らんね」

「大臣は何か言っていませんか」

「聞いていないね」

「留任するんじゃないですか」

「さあ、解らんね」

「だって、適当な後任者がありますか。僕はどうも無さそうに思うんですがね」

「そうだね。なかなか人選はむずかしいね。誰でもと云う訳に行かんからね」

「そうすると留任という事も考えられますか」

「うむ、どうかな。そういう事になるかも知れんね」

「九州のF―川の建設なんかも有りますからね」

「そうだね。人選はむずかしいね」

そこまでで話は切れた。次官は洗面所へはいって行った。古垣は別れると直ぐに広い階段を降りた。次官のあれだけの話から、彼は新聞記事の材料をつかんでいた。(電力建設の財部総裁留任か?)通産次官談として、三段ぬきの記事になると思っていた。それを書けば、財部総裁も喜ぶ筈だった。彼は財部から毎月三万円程度の（賛助購読料）をもらっていた。

新聞記者のための休憩室で、古垣は本社へ電話をかけた。女事務員の遠藤滝子が電話に出た。

「遠藤君？……わたしだ。欣二郎《きんじろう》をちょっと……」

「欣二郎さんはさっきお出かけになりました」

「どこへ行った？」

「腹がへったから何か食べて来るって……」

「畜生、仕様のないやつだな」と彼は舌打ちした。「浅見君は？」

「印刷所へ行っています」

「じゃ、君ひとりか」

「ええそうなの。つまんないわ」と滝子は急に甘えた口調になった。

古垣はそれを受けて、

「夜、何か約束、あるか」と言った。

「いいえ、別に」

「それじゃ、少し遅くなるけど、待っておいで。何か御馳走してやるよ」

「そう。嬉しいわ。もうこっちへは帰らないんですか」

「いや。今からすぐ帰る」

帰って、大急ぎで、（財部総裁留任か？）という記事を書かなくてはならなかった。政治新聞社は議事堂から歩いて数分、溜池《ためいけ》の裏通りの木造家屋の二階だった。階下は自動車の部品屋の店だった。

二階には横の階段から上る。新聞社とは名ばかりで、十畳に二畳ほどの板張りの事務室だった。二畳の方はともかくも社長室と名がついていて、古垣常太郎が新聞原稿を書く場所だった。彼が帰ったときは滝子がひとりきりで、新聞を郵送する帯封の宛名を印刷しているところだった。

「欣二郎はまだ帰らないのか」と、彼は上着をぬぎながら言った。

夏の日が暮れかかっていた。滝子は雑用だけしか出来ない二十四歳の娘だった。才能は乏しかったが魅力のある立派な躰をしていた。髪を茶色に染め、爪は赤く染め、眼のふちを青く塗って、水商売の女のような化粧をしていた。月給は安かったが、彼女は社長から秘密の手当を貰っていた。社長に妻子があることは知っていたが、その事で苦しみ悩むような女ではなかった。

「三十分ほど俺は用事があるからな……」と古垣は煙草をくわえながら言った。「君は先に出て、いつもの所で待っていてくれ。お茶でも飲みながら……」

滝子ははいと短く答えただけだった。いつもの喫茶店で落ちあって、二人で食事をして、そのあとで行く所もきまっていた。五カ月以上も彼等の関係は続いていた。滝子はそのことだけで満足して、それ以上は古垣に何も求めなかった。経済的にせい一杯な経営をしている古垣にとっては、そういう滝子のあり方が好都合であった。現在より以上には何もしてやることの出来ない立場だった。

彼は印刷所へ出張している浅見と電話で打合せをしておいてから、自分の机にむかって原稿を書いた。事実の報道というよりは、商売気の方が先に立ったような原稿だった。

(電力建設・財部総裁留任か。平井通産省次官は語る。……過去六ヵ年にわたってわが国水力電気の開発に尽力して来た財部総裁は、今年九月二十七日を以て任期が満了することになっているが、目下九州F――川ダムの建設という大事業にとりかかった折でもあり、後任に人材を求めることも甚《はなは》だ困難と見られているので、電力業界・土建業界等に最も信望ある財部氏が留任する公算が多いようである。右について平井通産次官は慎重に確答を避けてはいるが〝そういう事になるかも知れん〟という含みの多い口調で財部氏の留任をほのめかしている。……)

事務室から遠藤滝子がそっとのぞいて、

「ではお先に……」と言って会釈した。それから背を向けておいて、「なるべく早く来てね」と、からみつくような口調で言った。

袖なしの黄色いワンピースを着ていた。うしろ姿は腹が細くくびれて、腰が大きく張っていた。古垣はペンを持ったまま、それを眼で追っていた。女性であること以外には何ひとつ持っていないような娘だった。それが古垣にとっては却《かえ》って気安かった。

滝子が出て行って一分も経たないうちに、欣二郎が階段を踏み鳴らすようにして帰ってきた。

古垣に負けないほどの背丈があり、肩幅がひろく、頑丈な体格をした青年だった。前髪を額に垂らし、爪楊枝《つまようじ》をくわえて、開襟《かいきん》シャツの胸をすこしひろげていた。袖から出ている太い腕には黒い毛がもさもさと生えていた。

「ただいま」と彼は大きな声で言った。

あきらかに酒を飲んでいた。額と喉のあたりが赤くなっていた。古垣は自分の机から冷たい眼で弟を見た。弟とは言っても異母弟であった。母が古垣を連れて離婚したあとの、父の後妻の子供だった。年は十四も違っていた。

「どこへ行っていた」

「めし……」と彼は短く答えた。

「酒を飲んだな」

「飲んだよ」

「勤務中に酒を飲むのはやめろ」

「いま、おれの時計は七時十五分だよ。もうそろそろ宜いじゃないか。いつまで働かせるんだ、本当に……」

大きな声ではなかったが、欣二郎の態度は始めから反抗的だった。

「校正は出来たのか」

「できたよ」

「全部すんだのか」

「少しは残ってるがね。あとはあしたで間に合うよ」

「今日のうちにやってしまえ」

「そんなに働けないよ。月給安いんだもの」と弟はやくざめいた言い方をした。

どこに勤めても永続きしない男だった。怠惰で飽きっぽくて、酒好きで、一種の無頼漢であった。仕方なしに兄が彼を使ってはいたが、兄の方はそれを恩に着せるかたちで、安い月給を与えているだけだった。

欣二郎は楊枝をくわえただらしない姿で、誰もいない事務室のなかをぶらぶらと歩いていたが、やがて社長室との境の柱にどんと躰をぶつけて、

「ねえ兄貴……」と言った。「そろそろボーナスくれよ」

常太郎は原稿を書きながら、黙っていた。

「けちけちしないでくれよ、ほんとに。かね無くて困ってるんだ」

「まだ早いよ」

「早くないよ。六月じゃないか」

「お前、ボーナスなんか貰えると思ってるのか」

「へえ。何もくれないつもりかい」

「自分で考えてみろ。北京楼《ペキンろう》の広告料はどうしたんだ」

「知らねえよ」

「お前は北京楼へ行って広告料を取って来ただろう。それを持って来い」

「何言ってるんだ。知らねえよそんなものは……」

「中央生命の広告料もお前が取って来ただろう。また悪い癖が出たなお前は……」

政治新聞にのせた広告の掲載料を、欣二郎が勝手に集金して勝手に使っているらしかった。いま解っているのは中華料理北京楼と中央生命保険の広告料だった。両方で三万円ほどだった。兄が集金に行って、受領証を見せられた。弟の筆跡だった。半年ほど前にもそういう事があった。

そうした欣二郎の悪事が解っておりながら、兄は、この弟をすっぱりと退社させることが出来なかった。弟は三年ほど前に運送会社につとめていて、傷害事件をおこしていた。腹を立てると何をするか解らないような短気なところがあった。古垣はそれを恐れていた。もう一つは、遠藤滝子が古垣より前に、欣二郎と関係があったらしかった。今でもあるかも知れない。滝子はそういう女だった。欣二郎はまだ古垣と滝子との関係を知らないようだった。もしそれが解ったら、大変なことになると古垣は思っていた。

広告料のことを言われると欣二郎は少しおとなしくなった。しかし机に坐ろうとはしないで、机の上をざっと片付けると、（おさきに……）と呟《つぶや》くような言い方をして、勝手に階段を降りていった。古垣はこの弟を憎んでいたが、彼はともかくも私立大学を出ていた。彼が居なくては人手が足りなくなる。安い給料で古垣の新聞社に就職を希望するような人は、容易には見つからない筈だった。

彼が後任総裁問題についての原稿をようやく書き終えたところへ、電話がかかって来た。相手は神谷《かみや》直吉という代議士だった。

「やあ、古垣君か。まだ仕事をしているのかね。もうよせよせ。神谷だよ、民政党の神谷だよ。いま一杯やってるところだがね。君に少し訊きたい事があるんだ。やって来ないかね。僕か。僕はひとりだ。誰もおらんよ。美人は二、三匹いるがね」

彼は荒っぽい口調でそういった。選挙地盤は北九州で、九州人のがさつな性格を多分に持っていた。本業は弁護士であったが、四十二歳で代議士に立候補し、選挙違反をやって日本中を逃げ廻っていたこともあった。その後二回当選しているが、物慾と権勢慾と売名のかたまりのような男だった。したがって利用できるものなら何でも利用しようという風な恥知らずなところがあった。

こういう男は古垣常太郎にとっては、接近し易い人物であった。神谷は神谷で、古垣のような男は利用しやすい人間であった。要するに（類は友を呼ぶ）という諺《ことわざ》をそのままに、慾と慾とが彼等を接近させたようであった。古垣にしてみれば国会議員である神谷とふかい関係を持てば持つほど、利益するところも大きい筈だった。

古垣が神谷直吉を知ったのは、高利貸しの石原参吉の事務所だった。神谷は石原参吉の厖大な調査資料を借りて、本会議や委員会の質問に立ち、相手を愕然とさせるような質問を浴びせ、それを自分の売名の手段にしたりしているらしかった。三年ほど前に国有林払下げに関する農林官僚の汚職を摘発したのも神谷だった。自衛隊の衣料納入に関する不正を摘発したのも神谷だった。国会議員としての神谷直吉の努力はほとんどすべて、そうした不正の摘発に向けられているようであった。

しかしなぜか、それらの事件は神谷が摘発したように見えながら、途中でみな問題が立ち消えになっていた。結局世間をさわがせ、国会をさわがせ、神谷自身が有名になっただけで、尻切れとんぼに終っていた。その事によって法的処分を受けた者はひとりも無かった。それには何か裏があったに違いない。神谷直吉という代議士はそういう風な一種の怪物であった。

古垣常太郎は事務所を出て扉に鍵をかけた。そして遠藤滝子が待っている喫茶店まで歩いて行った。喫茶店は赤坂の花柳界の裏街のような所にあった。なかなか暮れない夏の日もようやく夜になって、街々のネオンがともり、夜が活気づいて来たところだった。政界の誰と財界の誰が、財界の誰と高級官僚の誰が、どこの料亭で何を画策しているか解らないような、妖気を孕《はら》んだ赤坂の夜だった。

折鞄《おりかばん》をぶらさげた古垣は、待ちくたびれていた滝子に会うと、

「また用事が出来たんだよ」と言った。「神谷代議士が待ってるんだ。何だかおれに用があるらしい。すまないけど君はどこかで、旨《うま》いものを食べてくれ。用事が早くすんだら電話をかけ

るよ」

紙幣を一枚わたして、彼は女と別れた。滝子は不機嫌だった。そういう風な女の不機嫌は、古垣にとって嫌ではなかった。

神谷代議士は酒落れた構えの関西料理店の二階で、酒を飲んでいた。芸者ではなくて酒場のマダムや、その店の女などが三人ばかり、神谷をとり囲んで騒いでいた。

「やあ来た来た、新聞屋……」と彼はわめくような声で言った。「お前さんにはいろいろお世話になっちょるからな、今夜は一つ御馳走するよ。ちょっとこの美人たちを見てくれ」

古垣は彼と向きあった席に坐りながら、

「何か僕に急用でしたか」と言った。

「急用?……そんなものが有るもんか」

無駄な美食でふくらんだ大きな顔に、小さな眼と小さな鼻がついていた。そして短い髭《ひげ》を生やしていた。

「どうだい古垣、もうかるか新聞は……。かねに困ったらいつでもおれの所へ来いよ。助けてやるからな。俺はお前さんが好きなんだ。お前さんは正義の味方だからな。あれはええ新聞だよ。……新聞のええネタをやろうか。これは極秘だがな。お前さんにだけ教えるよ。しかしまだ書いてはあかんよ。寺田総理がな、このあいだの総裁選挙のとき、党の資金を流用しとる。ざっと六億ばかりな。幹事長も官房長官も寺田派だからな。やろうと思えばやれるさ。しかし君、党の資金はいわば公金だよ。つまり公金流用だ。わかるか。おれはそいつをな、徹底的に追及してやるんだ。はッは……」

女たちはしいんとしていた。神谷は女たちに聞かせる為にしゃべっているようだった。神谷は寺田総裁とは反対の、酒井派だった。

「しかしそれは神谷さん、同じ党内の事ですから、血で血を洗う結果になりますな」

「ええじゃないか。血で血を洗うんだ。汚ない血をきれいな血で洗うんだ。何が悪い？……おれはそういう不正は許さんよ。正義のためには党もへ、へ、へ、へったくれも有りやしない。まあ見てろ。寺田が何と言おうとな、正義は遂に勝つんだよ古垣君……」

いたずらに正義を口にする者が、正義の旗のかげにかくれて、みずから不正を働いていたような実例を、古垣は幾つも知っていた。政界の裏道ばかりを多く見て来た彼は、神谷直吉のような男が口にする正義を、頭から信じてはいなかった。どうせ彼は何か、それを手がかりにして、ひそかに別の計画を練っているに違いないのだった。

総裁の決意

通産大臣からの強硬な要求に対して二、三日だけ返事を待ってもらうように約束して帰った財部総裁は、三日たっても四日たっても回答をしないで放ったらかして置いた。それにはそれだけの財部としての計算があった。彼も官界から電気業界土建業界と、広い世界を何十年にわたって知りつくして来た男だった。相手が大臣だからと言って驚くような弱腰ではなかった。

大川通産大臣からの、F—川の工事を竹田建設にやらせろという要求は、明らかに違法である。違法を承知で要求する側には、それだけの弱味がある。人に聞かれては困る話なのだ。従って、返事を保留している限りは財部の方が強い立場だった。大臣は大っぴらに財部を呼びつけて回答を要求するわけには行かない。呼ばれて行かなくても、それは財部総裁の落度にはならない。少なくとも大臣は公然と総裁を叱ることは出来ないのだ。

それが解っているから、大臣の方からも財部に対して、詰問するような電話はかかって来なかった。その空白の数日が、意味ふかい期間であった。大臣は大臣で何かを考え、何か新しい手を打っていたかも知れない。財部総裁はまた総裁で、対策を講じていた。

大臣が、あれほどまでに強硬な話を持ち出したからには、財部の反対ぐらいで要求を撤回することは、先ず考えられない。してみれば総裁としては、法律的に定められた正規の入札手続きを急いで、その結果どうしても竹田建設には落ちないで、他の業者に落札された、という結果をつくる事が出来れば一番よかった。更に、青山組が落札するような工作も考えなくてはならない。そうなった時には、総裁は任期一杯で退職するより仕方はないだろう。しかし退職したあとは青山組が骨をひろってくれる。……そこまでの計算は立っていた。官界をしりぞいた者が公社を経て民間会社に流れ込むような形は世間の常識である。

総裁は彼の個人的な会合に使っている末広旅館の奥の部屋に、青山組の社長と金丸常務とを呼んだ。青山組の意嚮を打診した上で自分の態度をきめようという考えであった。

青山達之助はまだ四十歳前後の白面のやさ男であった。創立者である父を継いで二代目社長になってから、父の業績に敗《ま》けまいとする気負いがあったらしく、強硬な発言をすることが多かった。いわば（向う見ずの若者）である。金丸常務が社長にブレーキをかけるような役割をしていた。

財部はひと通りこれまでの経過をはなしてから、却って明るい表情になって、

「私はいまね、まさに進退両難という形ですよ」と言った。「大臣の要求を容れることは総裁としては自殺にひとしい。しかし大臣の要求を拒むことはまた、職を賭してやらなくてはならん。先日も実はかなり強硬に頑張ってみたんだが、向うも何だか意地になってね。……それも解らなくはない。大川さんは大臣になりたてだ。電力建設会社に対する最初の命令が拒否されたとあっては、大臣の面目にもかかわるだろうからね。

しかし私にはどうも解らん事がある。竹田建設が大臣に働きかけていることは明瞭だし、若松君が竹田と気をあわせて何かやっていることも明瞭だ。竹田は事業慾で、これもわかる。いずれは相当の献金を約束したことだろう。若松副総裁はこれに便乗して、大臣に恩を売り、私の任期が終ったあとの総裁をねらっている。これも明瞭だ。いわば権勢慾だろうね。

ところが若松君はどういう訳か、星野官房長官に会ったりしている。竹田にF──川の工事をやろうという大川大臣のはなしは、官房長官も知っているらしい。大臣が私にそう言ったからね。……どうもそう考えて来ると竹田は、よほど大きな政治献金をやるつもりらしい。しかしF──川の工事はそんなにもうかる筈はないと私は思うんだ。してみると是れは何だろうね」

青山達之助は別のことを考えていたらしかった。金ぶち眼鏡をかけた白い顔に酒の赤味がさして、なかなかの美男子だった。

「総裁はどうですか。もう一期、留任できませんか」

「それは解らん。大臣は一度は留任させたいようなことも言ったが、このあいだの口調では、少し迷っていたようだった。私はあてにしてはおらんよ。とにかく君たちに不義理はしないつもりだ」

「有難うございます。何にしても竹田にやらせる事だけは、極力押えて下さい。ほかはこわくないです。深川組、大岡建設、高田建設が相手なら、必ず取ります。竹田だけは何とかして下さい。竹田はやり方が汚ないですからね。その代り責任はもちます。総裁に関しては絶対に責任をもちますよ」

責任をもつ……という事の具体的な説明はなかったが、辞任したあとの身柄を保証するというような意味だった。青山組の顧問、相談役というふうな地位を約束するらしい意味であった。それだけの保証を取りつけて置けば、財部としては今夜の会合は成功であった。辞任ののちの自分の身が安泰であるときまれば、大臣とでも竹田建設とでも腹を据えて戦えるのだ。大臣の不正な要求を表立って糾弾することも出来る。それだけの腹をきめるために、前以て青山組と会いたかった。彼の正義感のうしろには、ちゃんと保身のための打算があった。正義だけではもうからない。正義を立てようとすると多くの場合損をするものであることは解っていた。生活経験の豊富な財部は、ちゃんと正義と打算との両股《ふたまた》をかけていた。

ところがその翌日の朝、総裁がまだ自宅にいる時に、竹田建設の朝倉専務から電話がかかって来た。総裁はネクタイを半分結んだままで受話器をとった。

「お早うございます。朝からどうもお騒がせしますが……」と、相手は何か意味ありげな低い声で言った。「実はですな、総裁にはどうもこのところちょっと不義理を重ねておりますが、そこでですな、お詫びがてらに一、二時間ほど時間をあけて頂けないでしょうかね。今晩でも明晩でも宜しいんですが、出来ますれば今晩、いかがでしょうか」

来たな、と財部は思った。大川大臣にはまだ返事をしていない。大臣の方から何の催促もないのを、彼は少しばかり不気味に思っていたが、それが形を変えて、朝倉専務の電話になったのだと、財部は直感的に考えた。多分朝倉は大臣からのさしがねで、財部に面談を申し入れて来たものであろう。大臣としては面と向って、不正と解っていることを、またくり返し要求する訳には行かないのだ。それが大臣の弱味だった。

よし、会ってやろう、と彼は思った。朝倉に会えば、相手の出方がわかる。大臣の意嚮もわかるだろう。それが解ればこちらの対策も立つ。

青山組が彼の骨を拾ってくれるだけの決意をもっていると解ったからには、九月末の辞任は怕くなかった。今となってはただ、何が何でもF—川の工事を青山組に落してやりたい。それが巧く行けば、たとえ九月に辞任しても、大手を振って青山組の顧問とか相談役とかの地位につける筈だった。半年ぐらいぶらぶら遊んで、あるいは外国旅行でもして、その後で青山組にはいれば、世間の体裁もいいという計算もあった。

朝倉専務の指定した場所は築地《つきじ》の料亭であった。(犯跡)をくらます為に、今度はわざと赤坂を避けたのかも知れなかった。

しかし築地へ行くまえに、財部には大事な仕事があった。大川大臣や竹田建設に先を越されないように、こちらが先手を打って事をきめて行こうと、彼は決意していた。昨日の正午、総裁は役員全員に文書を廻して、(明日午前九時半から役員会を開催する)ことを、総裁の権限を以て決定通知しておいたのだった。会議の議題は、何も書いて置かなかった。議題が明らかになれば、内部で暗躍するものがあるかも知れない。外部と連絡して策を練るものもあるかも知れない。総裁は一切の策略を封じておいて、自分の思うように事を運ぼうと考えていた。

役員会には総裁、副総裁のほかに九人の理事が全員出席した。窓の外は今日もむし暑い梅雨だった。財部はこの日、一つの決意をもって会議にのぞんだ。いろいろな抵抗があるに違いない。それをどうやって押し切るか。別に妙案がある訳ではない。ただ、押し切ろうとする決意があるばかりだった。

たて長のテーブルに、二列に役員が着席した。総裁はその二列の顔を左右に見ながら正面の席に坐った。

「みんな、上着を取ろうじゃないか。むし暑いよ」と彼は砕けた調子で言い、女事務員を呼んで冷たい飲み物を持って来させた。

それからゆっくりと煙草に火をつけて、議事にはいった。

「実はね、緊急の役員会をひらいて、まだ議題もお知らせしてなかったような訳だが、諸君も御存じのように私はね、この九月の末でもって任期が終ります。したがって諸君といっしょに仕事をするのも、あと三カ月ということになるんだ。私ももう年だからね、特別なことでも無い限り留任ということも無かろうと思う。諸君には永いあいだ、いろいろと御協力をいただいて本当に有難いと思っています。

そこで私としては、凡そ六年ほどのあいだこの任務に当っていた訳ですが、私の最後の仕事としてね、いま懸案になっている九州のF――川ダムの問題を片付けて置きたい。これが私の念願ですよ。もちろん工事の方は何年もかかる仕事だから、後任者にお願いするより仕方はない。しかし工事にはいる前の万般のお膳立てだけは、是非とも私の手で決定して置きたいと思うんだな。いわば電力事業に生涯をささげて来た私の、最後の思い出にこれだけはきめて置きたいと、こう考えるわけですよ。こういう私の悲願を、ひとつ諸君にも諒解してもらって、是非とも御協力を願いたい。……」

ここで時間をおけば、異論が出るかも知れない。だいたい電力建設のような大きな仕事にたずさわる人間が、（最後の思い出）とか、（私の悲願）とかいうような感傷のまざった言葉を口にすべきではないのだ。理事の誰かがその事をとりあげて冷笑を加えたりしたら、総裁としては恥じ入らなくてはならない。それが解っていたから、財部は時間をおかないで、直ぐに本題にはいった。

「そういう訳で私はいろいろ研究した結果、大体の順序をまとめてみました。ひとつこれについて御検討願いたい」

彼はポケットから一枚の用紙をとり出した。それは総裁のメモであった。本来ならばこうした会議には、前以て印刷した資料を全員に配布して置くのが当然であったが、総裁はわざとそれをしなかった。印刷をさせればその人の手から、事前に総裁の計画は洩れてしまうのだ。理事の中のすくなくとも三名は、若松副総裁派であり、同時に竹田建設から何等かの贈与を受けている人間だと財部は思っていた。

「ええと、先ずF―川ダム建設工事について、指名願いの出ている土建業者が十一社あります。この中から技術的な面や資材、資力の点などを検討して五社を指名いたします。これは既に中村理事が担当して検討をすすめている訳ですが、六月十九日に指名決定の会議をひらき、翌二十日に発表通達をする。……中村君どうです。この位の日取りで準備は出来ますか」

「大丈夫だと思います」

「是れは別に異議もないと考えますが……その次には図説ですな。机上説明の会。これを、少しいそがしいかも知れないが、六月三十日と考えています。基本的な設計は間にあいますか。小島君の方はどうですか」

小島理事は副総裁派だった。彼のきれいに禿げた頭を総裁はまっすぐに見た。小島は肥った顎に複雑な笑いをうかべた。そして、

「三十日というと、設計の方は今日から毎日徹夜ですな」と言った。

机上説明の会では、指名した五社を集めてダム計画の概要、契約条件の大綱、見積り上の注意事項などを説明しなくてはならない。電力建設会社の方で説明の準備がととのっていなくては、質問に答えることが出来ない筈だった。

財部はすこし考えてから、厳しい表情になって、

「さっきも申しましたように、私はこの仕事だけは是非とも段取りを決定して置きたいと願っております。いろいろ無理な事もあろうかと思いますが、私の最後の仕事ですから、格別の御配慮をもって御協力をお願いしたい。ぜひともお願いしたい。……

そこで、小島君の方には基本設計をきめるのに連日徹夜をお願いする訳にも行くまいから、一週間延ばして七月七日。たなばた祭ですな。この日を机上説明会としたい。……御異議ありませんか」

財部は若松の顔を見た。若松副総裁はがっしりした意欲的な顎にかすかな笑いをうかべ、じっと腕を組んで黙っていた。彼は彼でなにかを画策しているに違いない。総裁はいま手の内を見せたかたちだった。あるいは若松に対する挑戦を開始したようでもあった。若松は黙っていた。いまはまだ戈《ほこ》を交える時期ではなかった。

「机上説明の会をひらいてから一週間後の七月十四日と十五日。この二日間を現地説明の日に宛てます。現地には私と、ほかに理事三名、技術、設計、工事の担当者五名乃至六名で、九州へ出張しようと考えています。……この点はいかがでしょう」

この現地説明の会までは公開のかたちで進行するが、それから後は極秘の作業がはじまる。電力建設会社の方では水力建設部を中心にした作業班を結成し、外部と完全に連絡を断った所に全員を隔離してしまう。隔離された作業班は設計計画、工事施行計画にしたがって工事の予定額を算出する。これが大変な仕事だった。

およそ七日間も作業をつづけて算出した予定額は、その場で厳重に封印をしてしまい、入札書類を開封する日まで会社の大金庫に保管する。この予定額は絶対に土建業者の方に事前に洩れてはならないのだ。だから業者側の入札書類の提出も、会社が予定額を封印した同じ日の同じ時刻と定められている。

したがって形式的には完全に秘密が保たれるように出来てはいるが、だからこそ業者の側の暗躍がおこなわれるのだった。あるいは地元代議士を通じて電力建設会社の理事に圧力を加えたり、金品を以て作業員を買収するというような、眼に見えない闘争が付きものだった。時としては料亭の女将や酒場のマダムまでがスパイに動員されたという前例もあった。

いま、財部総裁のまえに若松副総裁と九人の理事が並んでいる。しかしこの十人のうちの誰と誰とが、業者側の誰と、どの程度の密約を結んでいるか。……総裁はたいてい知っていた。理事の中の何人かは業者側のスパイをやり兼ねない。要するにほとんど国営会社とも云うべき電力建設会社を動かし、陰で糸を引いているのは、日本の土建業界の大手数社であると、誇張して言えば言えるような事情があった。

理事たちはその事を、あまり悪い事とは思っていなかった。ずっと以前から、それが当り前であり、誰でもがやっていることであり、業者から相手にされないような者は、むしろ先の見込みの無い連中であった。

「……そこで最後の、見積り書の提出時期ですが、これは現地説明の会から一カ月後の八月十五日と私は考えておりますが、いかがでしょう」

「それは総裁、とても不可能です」と小島理事が言った。「こんな大きな仕事は、一カ月ではまるで計算が立ちやしません。地質の研究、付属工事の研究、資材の入手の方法、工法の研究からやって行かなくてはならんでしょう。そんな短い期間では、とても本当の入札なんか出来やしません」

彼は気の短い男だった。財部総裁はゆっくりと煙草を吸いつけて、副総裁をかえりみた。

「若松君どうだね。一ヵ月では無理だろうか」

若松は小島にくらべると段ちがいに狡い男だった。静かに皮肉な微笑を見せて、

「まあ、無理であろうと無かろうと、総裁はどうしても任期のある間に、一切の段取りをつけたいというお考えのようですから、総裁案として業者に提示してみたらよろしいでしょう。業者の方で技術的にどうしても無理のようだったら、また何とか言って来るでしょうから、そこで相談なさったらどうですか」

当らず障らずという慎重な言い方だった。それだけ彼には自信があるらしい。総裁の予定をぶち壊し得るという自信があるのだ。

彼は多分今日のうちに、竹田建設と連絡をとるだろう。そして、僅か一ヵ月ではとても出来ないという抗議をさせるだろう。その他あらゆる妨害と遷延策を研究して、総裁の任期が終るまでには入札が済まないような段取りをつくろうとするだろう。

いまからが闘いだ、と財部は思った。相手は大臣、副総裁、竹田建設、そして多分官房長官も向うの一味だ。しかしなぜ官房長官が竹田の一味であるのか。……その正体がまだ財部には解っていなかった。それが彼にしてみれば、いつまでも不気味だった。

老猾《ろうかい》な専務

夕方、朝倉専務をのせた車は銀座の通りを横切って、築地の方へ向って走っていた。銀座を過ぎると間もなく車は三原橋にかかる。しかし橋はどこにも無い。戦前まではここに堀川が流れていた。いまはすっかり埋め立てられて、ビルが立ち並んでいる。

敗戦の直後、東京の街にはトラック約十万台分の瓦礫《がれき》が散乱していて、何とも処置がつかなかった。これを海岸まで運んで埋立地に捨てようという案もあったが、海岸まで運んでいては運賃が非常に高いものになる。安井都知事は出来るだけ近いところにこの焼けただれた瓦礫を捨てることを考え、思いきって三原橋下の三十間堀を埋めてしまうことにしたのだった。あの時の瓦礫の運搬とその上にビルを建てる工事とには、竹田建設もひと役買ったものだった。それももう十七、八年の昔になる。……

車は築地の電車通りから、郵便局の角をまがり、その裏の露路にはいった。朝倉のなじみの花井というのは、小ぢんまりとした静かな待合だった。あまり人眼にはつかない場所である。

財部総裁が来るまでのあいだ、朝倉は二階の十畳の座敷で、ひとりで番茶をすすっていた。今夜の二人きりの会談に、彼は特に成算がある訳ではなかった。切れ者と言われ老猾と言われる朝倉であったが、それだけにこの会談の成果に、甘い見透しは持っていなかった。

F—川の工事は紛糾する……と彼は考えていた。紛糾する理由はいろいろ有る。ひとつには日本の河川を利用する水力発電は、もはや限界に来ているのだった。大きなダム工事は、F—川がほとんど最後になるだろうということは、電力業界一般の見方だった。今後は水力よりも火力発電に重点が置きかえられて行くだろう。従って、建設業界の大手数社のあいだでは、この最後の大仕事を是非とも自分の方で取りたいという、強烈な競争心がおこっていた。だから、やがて行われる入札は、相当に紛糾するに違いないのだ。

水力発電の建設事業が次から次へと行われていた間は、入札以前に業者が集まって、ひそかな申合せをやっていた。(今回はA社に譲ろう。その代りこの次のK—川の工事はB社にやらせて貰いたい)という風な談合があった。したがって入札はほとんど形式にすぎなかった。

それは業者たちの自衛策でもあった。鉄道建設、高速道路、水力発電という風な大きな事業を、正式な手続きで入札していたのでは、建設費をたたかれて、業者の利益は少なくなってしまう。入札を形式的なものにしてしまって、事前に業者の談合をやっておけば、一社が事業を独占するような事は出来ない代りに、順ぐりに廻されて来た事業からは、たっぷり利益を取ることが出来たのだった。しかし今回はそういう訳に行かない。事前の談合は不調に終るだろうという見透しが強かった。竹田建設に対して青山組が、一歩も引かない強い態度だった。青山組が強腰なのは、社長青山達之助が財部総裁の支援をあてにしているからだと、朝倉は見ていた。

女中に案内されて財部が次の間からはいって来た。朝倉は畳に両手をつき、

「やあどうもどうも、御足労を願って相済みません。総裁にはあれやこれや、不義理のお詫びもしなくてはならんし、新しいお願いもしなくてはならんし、私は辛いところですがね。つらの皮を厚くして、今夜はもうゆっくりお叱りを頂きますから。……さあ、どうぞ、そちらへ……」と、巧みな弁舌を用いて、上座《かみざ》に相手を坐らせた。

総裁ははじめから、朝倉の注文を聞いてみようという態度だった。しかし相手がいきなり本題を持ち出す筈はない。だから財部は朱塗りの机の上に酒肴《しゆこう》が出されると、自分の方から話を持って行った。

「今日は会社で役員会をひらきましてね。君はもう御承知だろうが……」

「はあ、そんな話でしたが、内容はよく存じません」

「なに、例の、F—川の件でね。机上説明とか現地説明とか、見積書の提出時期とか、そういう日程を一応とりきめた訳ですよ。とにかく私は九月の末で任期が切れるんだから、その前に一切の段取りだけは決定して、いつでも工事にかかれるところまでやって置いて、後任者に譲ろうと考えているんですよ。これが私の最後の仕事だからね」

総裁はにこにこしていた。それは彼が自分の進退について決意をかため、最後の仕事の方針もきめて、一切の迷いから脱け出した心境の明るさであった。その明るい顔を、皺だらけのし

なびた顔をした朝倉は、不審げな表情で見つめていた。

「ああ、そうですか。……そうしますと総裁は九月までに、全部の段取りをきめておしまいになる訳ですか」

「もちろんですよ。入札も何も全部やってしまって、請負業者を決定しておいて、そこで辞任します」

「留任という事もあるでしょう」と朝倉は言った。

本当は、留任はないものと彼は信じていたが、わざと財部の気を引いてみたのだった。実は財部が、在任中に業者の決定までやってしまうという決心に、少なからず驚いていた。朝倉としては業者の入札などはもっと先に延ばして、財部の辞任後にしたいと考えていた。財部の在任中にやられると、竹田建設の方に分《ぶ》がないのだ。青山組の方は総裁の決意を支持して、その在任中に業者を決定するところまで持ち込もうとするだろう。紛糾は避けられないかたちだった。

東京には珍しい東北地方の山菜などが、食卓にならんでいた。じっとりと蒸し暑い夜だった。

朝倉は舌を鳴らして酒をのみ、盃《さかずき》を置いて、

「実はですなあ総裁……」と、例のしわがれた声を更に低くして言った。「私は今夜はゆっくり総裁に聞いていただきたいと思っていたんですがねえ。私の苦衷を……。要するに今度のF——川の工事は是が非でも私の方にいただきたいんだ。高尾川ダムの漏水事件を新聞に書き立て

られたりして、竹田建設は辛い立場ですよ。解って下さるでしょう。漏水問題はいま技師をやって調査させていますがね。どうもどこから漏れているか解らんようですな。まあ、もちろん、最後まで責任はとります。

それと同時に、F—川の工事で以て私は名誉恢復《かいふく》をしたいんだ。ねえ総裁。私はそういう機会がほしいんですよ。水力発電の大工事はこれが最後でしょう。その最後の仕事を立派にやって御覧に入れたいんですよ。

正直に申して、総裁と青山との関係は存じております。若松副総裁と私どもとの関係もよく御存じだと思います。……それは承知しておりますが、今度だけは一つ竹田建設の顔を立てて下さらんですか。青山の方へは私からよく話をします。出すべきものは出しても宜しい。総裁に対しても充分なお礼は考えております。私はあらゆる譲歩をいたします」

そこまで黙って聞いてから、

「私にどうしても解らん事がある」と財部は押えつけるような調子でいった。

「ほう?……何でしょう」

「私は大臣から、F—川の工事は竹田にやらせろと言われた」

「なるほど。それで、承知して下さいましたか」

そういう呆け方が、朝倉の老獪と言われるところだった。

「いや、お返事は保留してあります。しかし、なぜ大臣が竹田の肩を持つか。それが私は解らん」

朝倉は顔をしわだらけにして、声を立てずに笑った。

「解らんことは無いでしょう。政治献金ですよ」

「政治献金の見返りとして、F―川の工事をくれという話が出来ている訳かね」

「もちろんそうです」

「大臣と星野官房長官との間でも話しあいが付いているらしいな？」

「よく御存じですな」

「政治献金はきみ、どこへ行くんだね。通産大臣か？」

「いいえ」

「では寺田総理へ行くのか」

「もちろんですよ」

「金額はいくらだね」

「私は四億と言っていますが、官房長官は五億出さんかと言っておられます」

「総理はいま、何でそんな献金がほしいんだ。当分総選挙も有りそうには無いだろう」

「この前の選挙ですよ。総裁選挙のときに十八億ぐらい使ったでしょう。その穴埋めですよ。党の資金を流用したり銀行から借りたりしていますからね」

何だ、そんな事だったのか……と財部は思った。彼がどうしても理解できなくて苦しんでいた原因は、そんな事であったのだ。寺田総理は総裁選挙のときに無茶苦茶にかねを使った。派閥の頭目と何百人の代議士とを買収するかねだった。彼は十八億のかねで総理大臣の資格を買ったのだ。日本の国の政権を買収したのだった。

その借金の穴埋めに、今度は土建業者に政治献金をさせ、その代りに国家事業のような性質の大発電工事をやらせてやろうというのだ。そのために官房長官を動かし通産大臣を動かし、彼等の権力を総動員して電力建設会社総裁の財部を無理にも承知させようとしているのだった。

しかし、もう少し深く考えなくてはならない事がある。竹田建設が四億乃至五億の献金を承諾するというのは、その分をF—川の工事でもうけようという事である。つまりF—川の工事は、四十五億で完成すべきところを五十億で契約しなくてはならない。そういう高い契約が出来なかったら、竹田は数億の赤字を背負わされることになる。従って国営の電力建設会社は、その分だけ沢山に竹田に支払わなくてはならない。

電力建設会社には毎年国庫から、四百億前後の補助金が出されている。通産省の予算が会社へ廻って来る。それは要するに人民大衆の税金だ。その血税が、大蔵省から通産省を経て電力建設会社に廻され、それがF—川工事に名を借りて竹田建設に支払われ、そのうちの四億乃至五億というかねが竹田建設から政治献金という名目で、官房長官の手を経て寺田総理の手にはいり、そして総理の借金の穴埋めに使われる。……元をただせば人民大衆の税金が、寺田総理の総裁選挙の買収費に使われたという重大な意味をもって来るのだ。

そういう前例はいくらも有る。いまに始まった事ではない。財部総裁は永いあいだ官庁に職をもっていたからそれに類する事例なら数えきれないほど知っていた。だから彼は朝倉のはなしを聞いても驚きはしない。

しかし今度の場合に限って、彼は何かしら胸の中が煮えて来るようなものを感じていた。おそらくは総裁を九月に留任することは有るまい。大臣はあのときあんなことを言ったが、事態は変って来た。多分F——川の工事は彼にとっては最後の大仕事になるだろう。その最後の仕事を、総理と官房長官と通産大臣とをひっくるめた、大汚職事件に加担するようなものにはしたくない。生涯を電力事業の発展につくして来た財部としては、この最後の思い出の仕事だけは、もっと何かすっきりとしたものにして置きたかった。六十を幾つも過ぎた彼としては、これから先に華々しい地位につくようなことはまず有るまい。してみれば、過去に於いてはいろいろと（泥水）を飲むような事もやって来たが、このあたりで晩節を全うするという事も考えて置きたかった。

「どうも、話がむずかしいね」と総裁は平静な口調で言った。「……私の立場としてそれは出来ませんよ。君の方で四億献金するとすれば、F——川の工事は四億だけ高い金額で竹田に落さなくてはならん。それではほかの業者が黙っていないよ」

「ほかの業者は私の方で話をつけます。そんな事は私が責任を持ちますよ」

「いや、私には出来ない。少なくとも私が在任中は出来ません」

「すると、総裁は青山組に落札させるというおつもりですか。……まあ、こういう話はざっくばらんに伺いたいと思いますが、総裁、青山に何かそういう約束をなさったんですか」

「そうではない。私は青山とはいろいろ関係がある。君も御承知のようにね。……しかし今度の仕事は義理だの人情だのと言わないで、飽くまでも公正な入札で行きたいと私は思うんだ。この仕事はこれまでの物と少し違う。こんな水力の大工事はこれが最後だろうし、その意味で業者の競争も本気ですよ。とにかくあとが無いんだからね。……それを変なからくりをしたら、後日必ず問題になります。私はそれが怖《こわ》いんだ」

「すると総裁は、大臣には何と御返事なさるんですか。さっきのお話ですと、総裁はまだ返事を保留していられるようですが……」

「私は自分の信ずる通りにお返事しますよ」

「では、拒絶なさる?」

「もちろんですよ。どうせ私の任期は九月までしか無いんでね。大臣に楯ついたからといって別に何も恐れるものは無い」

　総裁は頬にかすかな笑いをうかべて、そう言った。笑いの中に彼の決意があった。今はもう彼の心に迷いは無かった。従って大臣も副総裁も何もこわくなかった。やるだけの事をやって、やめるばかりだと思っていた。彼はそういう硬骨漢であった。青山組との関係とか、それ以前の高田建設会社との関係とか、洗い立てれば当然汚職事件になるような事も幾つかやって来た。

それによって相当の蓄財もして来た。それは官界や業界の悪習に押し流されたものでもあり、また或る程度の不正が出来ないような男は出世も出来ないという、泥沼のようなその世界で生きる為の智恵でもあった。まるでやくざの世界では刑務所出が幅を利かすのに似ていた。

しかしその事とは別に、財部は一種の硬骨漢であった。やくざ者が一種の硬骨漢であるように、彼もまた筋道のうるさい男だった。今度の場合は、もはや出世栄達のために操を売るような事をする必要はなかった。最後の思い出に、大臣と官房長官とを向うに廻して、断乎《だんこ》として竹田建設を叩き落してやろうという意慾が、彼の心のなかで静かに疼《うず》いていた。

「そうですか。いや解りました」と朝倉専務は急に顔色を柔らげて言った。「まあひとつ、今晩はわざわざ時間を割いて頂いた訳ですから、ゆっくり召しあがって下さい。……ふむ、そうですか。是れはどうも、私の考えが少々甘かったようですな。総裁のお立場としては当然、それだけの決意がなくてはならん訳でしょう。よく解りました」

「大臣もね、事が事ですから、あんまり喧《やかま》しく私の返事を催促もなさらんようだ。面と向って私がお断わりしたのでは、大臣のお顔がつぶれるわけだ。だから私も横着をきめて、お返事を延ばしているんでね。はは……」と財部はわざと声に出して笑った。

それは問わず語りのように見えて、実は、朝倉の口を通じて大臣に伝言させるようなものであった。どうせ今夜の会談は、大臣の命を受けた朝倉が、財部総裁の最後的な意嚮を聞こうという魂胆にきまっているのだ。朝倉に返事をすることは、保留していた大臣への回答をするのと同じだった。大臣はもはや直接に財部にむかって返事を要求することはあるまい。これで今夜の会談は終りだと、総裁は思っていた。

四人の着飾った芸者たちがぞろぞろとはいって来た。いままでの緊張した空気は、とたんに崩れて行くようだった。朝倉はいきなり、顔なじみの中年の芸者をからかうような話題をもち出し、顔をしわだらけにしてげらげらと笑った。そういう急変ぶりが、やはり彼の老獪さでもあった。

財部も釣られて、気持をやわらげた。言うべき事は言ったという、一種の爽快さがあった。しかし彼は、朝倉専務の急変のかげにどんな思惑があるのか、そこまでは読みとっていなかった。

朝倉は方針を変えたのだ。正面から総裁に談じ込んで話をつけようとしてみたが、その試みは失敗に終った。あとは側面から、または裏面からの工作をして行かなくてはならない。通産大臣からの圧力による説得は、もはや成功の望みはない。総裁は任期が終ると同時に引退する覚悟で、大臣に楯ついているのだ。そして在任中に一切のお膳立てをきめてしまおうとしている。

残る手段はたった一つしか無い、と朝倉は思っていた。総裁が一切のお膳立てをする事を、妨害するのだ。現地説明の日取りを延期させたり、その後で重要な質問を提出して回答を要求したり、見積書提出の期限の延期を要求したりして、総裁の任期一杯まで持って行くことだ。

それでなお手ぬるいと思われる場合には、総裁が九月の任期まで現職にいることが出来ないように、早急に辞任しなくてはならないように持って行くことだ。

方法はいくらでもある。総裁の過去の汚職、世間に知られていない幾つかの汚職を洗い立てて、大臣かまたは平井次官あたりから引導をわたしてもらい、詰め腹を切らせることだ。……老獪な朝倉専務はそういう次の手を考えて置いて、何喰わぬ顔で芸者たちと戯れ、盃を交わし、やがて立ちあがって猥褻《わいせつ》な手踊りなどをやって見せるのだった。

官房長官の身辺

新成ビルの八階にある石原参吉の事務室は、事務室というよりは調査室であった。両側の壁にとりつけた書棚には何百冊という調査資料のファイルが並んでいる。その中にまた一冊の新しい資料が付け加えられた。それは参吉の命令を受けた事務室の荒井と脇田とが、懸命になって拾集した星野官房長官の行動に関する極秘の資料であった。

参吉はすこし心臓が悪かった。背丈の低いわりに肥り過ぎていた。それに運動不足と酒と好色とが災いしていた。彼は星野官房長官に関する調査資料を読みながら、だらしなく唇をあけ、口で息をしていた。

資料によれば官房長官は六月七日の朝、車で箱根へ行っている。箱根には前日から寺田総理大臣が静養に行っていた。長官は午後二時ごろ箱根の湖畔につき、まず大箱根ホテルに部屋をとった。彼はひとりきりだった。

ホテルのグリルで軽い食事。スープとえびフライとパンひと切れ。終って再び車に乗り、総理大臣の別荘へ行った。総理の別荘には他に来客はなかった模様。会談の内容は不明。

四時すぎ、小雨が降りだした。長官は雨のなかを車でホテルへ帰った。その頃になって雨はやんだ。……そのあと、夕刻六時十分ごろから六時四十分ごろまで、官房長官は軽い服装でホテルの付近を散歩している。その付近は湖畔の街からはやや遠く、時おりキャムプをたのしむ青年たちが通り過ぎるくらいで、人影少ない場所である。古木が茂り、道は細い。人眼が少ないので、彼は安心して散歩をたのしんだものらしい。女の連れがあった。洋装ではあったが、水商売の女のように思われた。

そこに写真が一枚貼ってある。二人の後姿だった。前に廻って二人の顔を撮ることは出来なかったらしい。女の素性はまだ解らない。

夜、八時四十分。官房長官を乗せた車がホテルを出た。あの女も乗っていた。夜の闇にまぎれて、二人きりのドライヴを楽しむ様子であった。女はいつホテルへ来たのか解らないが、長官と示しあわせてあった事は推察できる。車は小田原に下り、それから湘南《しょうなん》の海岸道路を片瀬の方まで行ってから、横浜バイパスへ廻り、第二京浜国道を経て五反田から赤坂へ行った。時刻は十一時すぎだった。

赤坂一ッ木通りの横丁まで来て女は車から降り、官房長官はそのまま走り去った。女は赤坂の花柳界に住む人だった。脇田はその女の家を突き止めた。山王マンション三階八号室、折原君江、芸名君千代、二十七歳。……そこに君江の写真が貼りつけてある。丸顔、眼の細い、東北系の美人だ。もう一枚、踊りの衣装をつけた写真もある。

荒井はさらにこの女の素性を追及している。十九の時から芸者に出て、置屋新春寿に住んでいた。翌年秋、東亜ゴム会社の吉田専務と交渉があったが永続きせず、二十四歳のとき本当の旦那が出来たので、新春寿から出て、山王マンションに一室を与えられ、芸者をしながら現在に至っている。その間、一度だけ人工流産をしたのではないかと思われる節がある。現在の旦那は竹田建設株式会社専務取締役朝倉節三氏である。……

ここまで読んで来て、石原参吉は退屈していた。朝倉専務という男にも竹田建設という土建会社にも、彼は興味をもっていなかった。その専務がかこっている赤坂の芸者が官房長官と示しあわせて箱根のホテルで会ったということについても、興味はなかった。専務はいずれ年寄りであろうし、君千代という芸者は二十七だという。洒落ものでもあり、政界で羽振りも良い星野にさそわれて、女が旦那の眼をかすめて浮気沙汰をおこしたにしても、有りがちな事であり平凡な事である。参吉は土建業界にはあまり関心がなかった。

しかしその次の頁にある脇田の調査報告は、参吉の興味をひいた。六月十一日午後三時すぎ、君千代の旦那であるところの朝倉専務という男が、直接に星野長官を首相官邸に訪問しているのだ。君千代の一件について抗議をしに行ったとは思われない。何か別の用件である。彼が訪問してから十分後に、大川通産大臣がやはり首相官邸にはいって行った。大臣の用件は総理に会うことであったか、それとも官房長官に会うことであったか、解らない。しかし大臣と朝倉の帰りは同時刻だった。同時に玄関を出て、たがいに挨拶を交わして、別々の車に乗った。四時五分であった。……

なるほど星野という男は相当の（狸《たぬき》）だな、と参吉は思った。朝倉のかこい者をひそかに連れ出しておいて、四日ほど後には当の朝倉を官邸に招き、なに喰わぬ顔で用談をしているのだ。それとも朝倉は星野から何等かの利益を得るために、承知の上で自分の女を提供したのであろうか。……

そういう事例はいくらでも有る。石原参吉のファイルの中からも幾つかを探し出すことが出来る筈だった。汚ないと言えば是れほど汚ないことはない。しかしほとんど完全に秘密は守られ、他人に知られることがないというのが一つの特色だった。恐らくこのような事は世間で無数におこなわれているに違いない。政界と財界との間で、また官界と実業界とのあいだで……。けれども両方の当事者が口を拭って語らない限り、世間は何も知らない。そして女は何程かの利益を得て、沈黙を守る。

参吉は赤坂の萩乃に電話をかけてみた。

「わたしだ。お前にちょっと訊きたいことがあるんだ。君千代という芸者がいるだろう」

「いますわ。それが、どうかしまして？」

「どういう女だ」

「いやだわ、朝っぱらから。……あなたとどういう関係があるんですの？」

「おれじゃない。君千代の事をきいてるんだ」

「君千代さんに何の御用？……また何かしようと思ってるんでしょう。あの人はだめよ。立派な旦那がいらっしゃるから……」

「わかってる。竹田建設の専務だろう」

「よく御存じね」

「踊りは巧いのか」

「中くらいね。でも怠けてばかりいるわ。お座敷にもあまり出て来ないの。遊ぶ方が忙しいのね」

「星野官房長官と何かあるのか」

「存じません。有るかも知れないわ。だいたい浮気の方ですからね。官房長官にはゆうべお会いしたわ」

「どこで？」

「菊ノ家さん。竹田建設の朝倉さんも御一緒でした」

「ふむ。……二人きりか」

「そうよ」

「何か密談か」

「さあ。密談かどうか知りません。専務さんは何ですか、(私が近日中にもう一度会って、懇談してみますから、それで駄目だったら宜しくお願いします)って言っていました。よくわからないけど電力建設のことじゃないのかしら。たからべさんとか総裁が……とか言っていらしたわ」

そこまで聞いて、参吉は電話を切った。疑いが彼の興味をそそった。朝倉と官房長官との接触は、電力建設に関係があるらしい。してみると君千代が箱根へ行って星野と会ったのは、朝倉の策略であったと考えられる。自分の愛人を提供して官房長官を買収したのだ。買収の目的は何か。当然考えられるのは竹田建設の事業上の利益ということだった。

それが財部総裁と関連があるとすれば、問題の中心は水力電気の開発であり、当面の懸案となっている九州F―川のダム建設であると考えるのが順当であろう。

石原参吉は別のファイルを取り出して見た。萩乃のメモと料亭春友の下足番をしている小坂老人のメモとを見ると、五月二十二日の夜、電力建設の財部総裁は青山組の社長と、春友の座敷で会っており、中一日おいた二十四日の夜、同じ二人が場所を変えて料亭菊ノ家で会っている。

これらの事実の上に、さらに政治新聞社社長の古垣常太郎の談話を加えると、参吉にはこの事件の大体の輪廓が察しられるような気がするのだった。参吉自身は全くの局外者である。彼はただ猟犬のように他人の秘密を探り当てることに興味をもっているだけだった。彼の持っている厖大な調査資料は、いつどこで彼に利益をもたらすか、見当はついていない。もしかしたらこの事件の渦中の人物、財部や朝倉や星野官房長官よりも、局外者の石原参吉が一番正確な事実を突きとめていたかも知れない。彼のファイルには一枚の貴重な名刺が貼りつけてあった。（内閣秘書官、西尾貞一郎）その余白に参吉は書き止めている。（五月二十六日午前十一時。星野官房長官の使者。金融要請。二億。拒絶）……この事実は財部も知らない。朝倉も知らない。多分大川通産大臣も知らない。

参吉は机の前で、居ながらにして推察することが出来るのだった。財部と青山組社長との連繫。それに対抗するのが官房長官と竹田建設の朝倉専務。この二つの勢力がF──川ダムの工事を争っている。一方は官房長官という強味をもち、他方には現職の電力建設総裁という強味がある。しかし財部の任期はあと二ヵ月半しかない。

財部と青山の結びつきには、当然青山から財部に対する何等かの贈与が約束されている筈である。そして竹田と官房長官とのつながりには、官房長官に対する竹田建設からの贈与……それは政治献金であろうか。石原参吉に対する二億の金融要請は拒絶された。その代りに竹田建設が、F──川の工事を条件に献金を約束しているかも知れない。朝倉はその情婦を提供してまで官房長官との連繋を強めようとしている。事件はそこまで深刻になっているのだ。

荒井と脇田との調査資料はさらに続いていた。それによると星野官房長官という人物はますます怪しげな輪廓を見せてくるようだった。

（官房長官は料亭の招宴を終ってから、自宅に帰らないことがたびたびある。五月三十一日、六月四日、六月九日、六月十一日。いずれも帰宅していない。赤坂または築地の料亭で、財界人の招宴または密談ののち、官邸の車ではなく、ハイヤーを雇って帰る。行く先は多くの場合、湘南葉山であることは、彼を送り届けた自動車会社によって確認したが、葉山のどこであるかははっきりしない。その車代はすべて料亭の方に付けられており、招待した側の負担になっている）

（調査によれば葉山には星野氏の別荘があるらしいが、横須賀法務局には星野氏名義の家屋も土地も登記されてはいない。他人の名義になっているものと思われる）

（葉山町警察について調べた結果、星野氏の別荘の所在は確認し得たが、所有者名義は山瀬みつ、六十六歳となっている。その家屋に当人が実際住んでいるか否かは不明であるが、近所の人の話では、そんなお年寄りは見かけないと言っている）

（横須賀法務局についてさらに調べた結果、右の星野氏の別荘は昨年暮までは東亜殖産会社の社長原本市太郎氏の所有であったが、年末に原本氏から山瀬みつに贈与されている。その贈与税は山瀬みつ名義で納入されているが、税務署員の話では原本氏自身から出ているようである。なお東亜殖産は昨年秋頃、およそ十三億円にのぼる脱税事件で新聞に書き立てられた会社である）……

石原参吉の別の調査資料によれば、東亜殖産は七年間にわたる輸入税の脱税で起訴され、世間をさわがせているが、脱税分と加算税とをあわせて十五億ちかい金額が査定されているにかかわらず、その金額は七年間にわたっての分割払いが認められ、責任者の法的処分はおこなわれていない。

この寛大に過ぎる処置の裏面に、東亜殖産社長原本市太郎が自分の別荘を、土地ぐるみ星野官房長官に提供するという贈賄行為があったように思われる。贈与された者が星野康雄では都合がわるいので、山瀬みつという所在不明の老女の名目にされているのだ。事件は六、七カ月も以前のことである。

参吉は事務所の荒井を呼んだ。中年の痩せた小男が小腰をかがめて彼の部屋にはいって来た。

「何か、お呼びでしたか」

「うむ、是れだがね……」と参吉は言った。「星野の葉山の別荘だよ。面白いものが出て来たな。こいつをひとつ徹底的に調べてくれ。山瀬みつという婆さんは何者だろうね。要するにこれは原本からの贈賄だろう。それが今のところ完全に世間には知られていない訳だ。とことんまで調べてくれ。但しおれが調べているとは解らんようにな。……それから原本社長には絶対さとられてはいかんぞ。星野ももちろんだ。別荘の大きさ、敷地の広さ、時価どの位のものか。

それも調べてくれ。いそがんでいいからな」

石原参吉にとっては官房長官の弱点を握るということが大切だった。政府の高官や財界の巨頭連中の、不正事実や弱点を探し出して、その確実な資料を握って置くことが、すなわち彼自身の強味になるのだった。参吉は法律の許さない不当な高利貸しをやっている。脅喝《きょうかつ》に近いような事もやっている。不渡小切手だの手形だの株券だのを利用して、詐欺や横領にちかいような事もやっている。二百億を越えると言われる彼の資産は、悪のにおいに満ちているのだった。それが彼の前科四犯の理由でもあった。

しかし今となっては検察庁もうっかり石原参吉を逮捕する訳には行かなかった。彼が集めている資料がもしも世間に公開されれば、日本の政界財界の悪事が一度に民衆に知れわたり、政府も財界も検察庁までも含めて、がたがたに崩れてしまうかも知れないのだった。すなわち前科四犯の知能犯石原参吉は、無数の調査資料をかかえている事によって、彼自身が安全であった。

その資料の中にまた一つ、現職の官房長官の収賄の事実が加えられた。これ一つが公開されただけでも、星野自身はもちろん、寺田内閣そのものが根底から揺すぶられることになるだろう。その分だけ参吉の立場は安全になる。つまり彼はいつでも相手に投げつけることの出来る（核弾頭）を保有しているようなものであった。……

六十を幾つも過ぎた今日まで、ずっと独身を通して来た参吉は、自宅にいるときは夜は早寝だった。その夜の十時半ごろ、彼は電話に起された。相手は赤坂の萩乃だった。

「あら、もうおやすみでしたの？……おとなしいのね。わたしよ」

「何だ……」と参吉は不機嫌な声で言った。

「あなた今朝言っていらしたでしょう。君千代さんのこと」

「うむ、それがどうした」

「大変よ。睡眠薬を飲んだの」

「自殺か……」

「それがよく解らないの。あの人はマンションでしょう。通いの女中さんがいるのね。その人がおひる頃行ってみたら、ベッドの中で人事不省になっていたんですって……」

「死んだのか」

「大丈夫らしいわ。とにかく直ぐ病院へ入れて、手当をして、夕方気がついたって云いますから、大丈夫なんでしょう。新聞に書かれないようにするとか何とか、組合の方では大さわぎしたんですって……」

「遺書は無かったのか」

「知りません。第一、本当に死ぬつもりだったのか、ただ薬を飲み過ぎたのか、その辺のこともよく解らないのよ」

「何か死ぬような理由は無かったのか」

「どうですかね。そこまでは知らないわ」

「警察にとどけたのか」

「いいえ。だって、誰にも秘密にしているんですもの。届ける筈ないわ」

「ちかごろ何か変った様子はなかったか」

「知りません。だけどいろいろ噂の多いひとなの。競馬に行って五十万円負けたとか、ダイヤの指環を落したとか、お座敷でお客の代議士さんと喧嘩をしたとか、三日ぐらい行方不明になったとか。面白いわ」

電話を切って、参吉は寝床《ねどこ》にもどった。萩乃の話はあやふやで、事件の輪廓はわかるが、事件の性質ははっきりしなかった。したがって是れを過失と見るか自殺未遂と見るか。判断の根拠が何もなかった。けれども過失ならば新聞は書かないだろうし、警察も介入する気は無いだろう。芸妓《げいぎ》組合とか料理飲食店組合とかが、新聞に書かれないように手を廻したというところから考えると、逆に自殺未遂であったという判定も成り立つ。

それが自殺未遂であるならば、F—川のダム工事をめぐる青山組と竹田建設との争いが、この事件と無関係ではないだろう。官房長官も渦中の人物であるに違いない。しかしそこまでは石原参吉にも判断はつけ難かった。いずれにしても何かがある。何かがしきりに紛糾している。それは世間の誰も知らないことだ。新聞には一行も書かれていない。そして全部が闇取引きだった。闇取引きには必ず金品が流れる。何億のかねが、どこからどこへ流れているのか。……

そういう悪のにおいを嗅ぎつけると、石原参吉は一種の発作のように、やみくもにその事件の真相を探りたくなるのだった。

未練

六月十九日の午後一時半から、電力建設会社の会議室で役員会がひらかれた。F―川のダム工事に関して指名願の出されている土建業者十一社の中から、資力、技術、資材その他の条件を比較検討して、五社を指名するための会議であった。この五社が設計計画の全体を研究して後に、入札が行われることになる。米国の土建業者一社も指名願を提出していたが、技術的に不安な点があったので最初から除外することになった。

指名決定については中村理事が各種の資料によって検討し、その結論を役員会に印刷物にして提出してあった。その文書に記されている指名業者は、竹田建設、深川組、大岡建設、青山組、高田建設の五社となっていた。

役員会は大体おだやかに進んだ。黒崎理事が発言を求めて、戸沢組のちかごろの発展と業績には見るべきものがあるので、戸沢組をも加えて六社を指名してはどうかという提案をしたが、中村理事が調査している資料によると、まだこれだけの大工事を安心して任せられるという段階には来ていないように思われるという意味で、否定された。

役員会は一時間半で終った。そして翌二十日、指名五社に通達した。同時に、机上説明の会を七月七日午前十時から開催するから、本社会議室に参集願いたいという通知も発せられた。

ここまでは、財部総裁が予定した通りにはこんだ。しかし彼はこのまま何事もなく机上説明、現地説明の会が終り、会社側の予定額決定、業者側の入札という風にすらすらと進んで行くだろうとは思っていなかった。必ず何等かの妨害があるに違いない。しかも相手は通産大臣であり官房長官である。妨害はあるいは強力な、抵抗し難いほど強力な形で現われて来るかも知れない。

ところが業者五社の指名決定が発表されてから、一週間たち十日経っても、総裁の身辺は空白と言っていいほど静かだった。大臣や官房長官は勿論、竹田建設からも何も言って来なかった。大臣からは先頃、工事を竹田建設にやらせるようにという膝詰談判をされて、両三日の猶予をもらったきり、総裁は何の返事もしていなかった。この無風状態が、財部にしてみれば一層不気味だった。大臣があれだけの強硬な要求を、黙って引っこめてしまうとは思われない。どこかで何かが計画されているに違いない。総裁だけがそれを知らされずにいるのだという気がした。彼は自分の毎日坐っている椅子が、六年も坐り馴れた椅子が、何かしら心細い、居心地わるいものになって来たように感じていた。

そろそろ梅雨の季節が終ろうとしていた。真夏の暑さが東京の舗道を焼き、立ち並んだビルの壁を焼き、巷には熱気が渦巻いていた。財部は総裁室の窓から街々を見おろしながら、いよいよ自分の人生も晩年を迎えたようだと思っていた。任期はあと三カ月に足りない。留任の望みはもう捨てていた。

たとえ退職ののちに青山組の相談役という風な地位があたえられたにしても、どうせ隠居仕事であり、現場の第一線にいるのとは訳がちがう。何かしら肩身の狭いものが有るに違いないのだ。捨て扶持《ぶち》をもらって、ときおり会社に顔を出して、役員室で碁を打って、夕方になっても料亭や待合に出向くような用事もなく、さよならと言って独りで自宅に帰るというような、味気ない晩年がはじまるのだと思っていた。やればやれるのだ。もう一期、四年間、総裁の地位をまもって、国家の電力建設の第一線で、働こうと思えば働けなくはない。本心を言えば、留任させてもらいたかった。大川大臣が就任の三日目に、(君には留任してもらうことになっている)と言った、あの言葉はもう取り消されたのだろうか。

しかし留任する為には、条件があった。F—川の工事を竹田建設にやることだった。入札という手続きは当然とらなくてはならない。しかし五社の入札に或る種のからくりをすれば、竹田建設に落すぐらいのことは何でもない。それをやるという約束をしさえすれば、大臣は喜んで財部を留任させてくれるだろう。不正入札をやれば、彼の地位は確保されるのだ。竹田は官房長官に四億から五億の政治献金をする。それで寺田総理大臣は総裁選挙の穴埋めをすることが出来る筈だ。……

彼は誘惑を感じた。寺田総理はどうでもいい。官房長官もどうでもいい。ただ、もう四年のあいだ総裁の地位に坐っていたかった。それさえ叶えられれば、もう望みは何もない。あとは楽隠居で悠々自適の老後を送ればいいのだ。本心では、総裁という地位には未練があった。この肩書きが有る限りどこへ行っても一流の客として扱われ、どこへ行っても人を顎の先で使えるような身分だった。そして多分、もう一期つとめれば勲章ももらえるかも知れないのだ。

けれども彼は青山組と深い関係があった。F—川を竹田に落すことは青山を裏切ることだった。青山とよく話しあって、諒解してもらう事が出来るだろうか。もしも青山が彼の裏切りを言い立てたりしたら、彼の面目はまる潰《つぶ》れになってしまう。男がすたるのだ。

財部はやはり一種の硬骨漢だった。かねや地位のために、権勢慾や物質慾のために、青山組との約束を裏切ったとあっては、世間は知らないにしても、みずからいさぎよしとしないものがあった。彼は進退両難におちいっていた。(青山と竹田と、両社の事業にしたらどうだろうか……)と考えてみたこともあった。竹田には堰堤《ダム》工事を、青山には発電所の工事をと、二つに分けたらどうなるだろうか。……

しかしそれでは竹田建設の純益が少なくなる。従って四億から五億という献金は不可能になる。この話のもつれている、一番基本にあるものは、献金だった。献金の問題さえ無ければ何とでもなる。それがどうにもならないのは政治献金のためであり、元はと言えば政党内部の派閥争いと、総裁選挙という醜悪な泥仕合からのとばっちりだった。

明日は机上説明の会をひらくという前日、七月六日の午後、若松の秘書が総裁室の扉をたたいた。

「副総裁から、何かお話し申したい事がございますので、御都合を伺って来いということですが、ただいまから、いかがでしょうか」と彼は直立して言った。

来たな……と財部は思った。しかし断わる理由はなかった。いまさし当って若松と争うことは、極力避けたかった。この数日、財部はしきりに、もう一期留任したい気持に自分で悩んでいた。長い物には巻かれろと言う。官房長官と通産大臣との要求に、楯ついてみたところで勝目はないし、誰も褒めてくれはしない。政治の裏には暗黒な面がある。いつの時代でも、どこの世界でも、その暗黒面はつきまとっていく。矛盾の世界であり、筋の通らない世界である。財部がひとりきりで、この巨大な矛盾の世界と争ってみたところで、どうなるものでもない。

大臣の要求に屈して、大臣の面目を立ててやれば、留任は間違いないだろう。むしろこちらから留任を要求することさえ可能になって来る。大臣が要求を拒否すれば、彼の不正の事実を握っている財部は、居直ることだって出来るのだ。悧口《りこう》な人間ならばそうするだろう。財部は永年官庁のめしを喰って来た男だった。政界官界の裏面はことごとく知っている。彼は無駄な抵抗をやめて、大臣と妥協したかった。そしてあと四年間、総裁の地位に坐っていたかった。

しかし問題は青山組だった。青山が総裁の希望を諒解して、引っこんでくれさえすれば、竹田建設にF—川の工事を渡して、四方八方無事に納まりが付く。青山が黙って引っこんでくれるかどうか。総裁は自信がなかった。こういう時のために、こういう事のために、青山は財部総裁に大きな恩を売って来たのだった。金額として凡そ四、五千万にも及ぶ犠牲をはらっている。それ自体、総裁の汚職であり、青山が居直って来れば財部としては、一言の釈明も出来ない立場だった。

若松副総裁がはいって来た。五十七歳。恰幅の良い躰で、すこし額が禿げあがっている。それが老齢には見えなくて、却って精力的に見えていた。肥った顎に愛想のいい微笑を見せて、

「今日は暑いですな。いよいよ真夏ですよ」と砕けた調子で言った。「去年のいまごろ私は外国でしたが、いやニューデリーの暑かったことは、忘れませんね。外で風に吹かれますとね、風が焼けてるんですよ。熱風ですな。床屋で頭を洗ったあとにドライヤーというのを使うでしょう。あんな暑い風が吹くんですからね。全くどうも、大げさに言うと人間の住む所じゃありませんね」

そういう若松の無駄口を、総裁は気に止めて聞いていた。その無駄口は、これから後の言いにくい話を、何とか滑らかに発言するための、準備行動のようでもあった。

「まあ、かけたまえ。話って何だね」

「ええ、まあ、話というほど大袈裟なはなしでもないんですが、総裁は御存じですか、理事の間でぽつぽつ言われている、言わば蔭口ですかな……」

「どんな蔭口……」

「いや、特に問題になさることも無いと思いますが、総裁に対する批判……批判と言うか何と言うか……。つまりですな、この前役員会のときに総裁は、今度のF—川の工事の問題について、心境を語られたでしょう。要するに自分はこの九月で以て任期が終って退陣するのだ、と。従ってF—川の事業は自分としては最後の思い出の仕事になるのだ。だから工事にかかる前のあらゆる御膳立てをどうしても自分の手でやって置きたい。これが念願だ。……そうおっしゃったでしょう」

なめらかな口調だった。充分に用意した巧みな言い方だった。

「うむ。たしかにそう言ったね。それで？」

「ええ、その事にね、二、三の理事は疑問を感じているらしいんですよ」

「二、三の理事と云うと、誰と誰だね」

「いや、名前はまあ、告げ口みたいになりますから、やめて置きましょう」

「ああそう。それで、疑問というのは、どういう事だね」

「まあ、要約しますとね、総裁のお気持はよく解る、永年この仕事をして来られたんだから、水力発電では最後の大工事とも言うべきF—川を、御自分の手ですっかり御膳立てして置きたいというお気持はわかる、と言うんですな。解るけれども、考えようによっては不都合が起ることも有りはしないか。つまり後任総裁がいずれ大臣に指名されて来られる訳ですが、すっかり御膳立てが出来ていたんでは、却って後任者はやりにくいんじゃないだろうか……というようなことですな」

解った、と財部総裁は思った。当然考えられる妨害工作が、ようやく露頭を見せたのだ。副総裁は（二、三の理事が……）と言ったが、二、三の理事にそういう発言をさせているのは、副総裁自身であるに違いない。自分で理事をそそのかして置いて、火の手が上りそうになると、自分でこの緊急事態を報告にやって来たという順序であっただろう。（うまく仕組んだな……）と財部は思った。若松は事態を憂えて報告に来たという、忠義顔をしているが、報告がてらに総裁の出方を打診しようという目的をも持っているのだ。悧口な男だ。そして相当の策士でもある。しかも彼の行動のうしろには、竹田建設の老獪な朝倉節三専務の智恵がはたらいているらしい。

「なるほど。そういう考え方もあるかも知れんな」と総裁は柔らかく受けた。向うが羊の皮をかぶったような化け方をしているからには、こちらも化けて出なくてはならない。「それは、私としても考えなくてはならん問題だと思うが……副総裁はどうだね。君はどういう風に考える？」

「私ですか。私は、そうですな、もしも私が総裁のような立場だったとしたら、やっぱり自分の手で全部の御膳立てをしてから、引退したい気持になると思いますね」

「ふむ……本当にそう思うかね」

「思いますね。思いますけれども、それは理論ではなくて私の感情です。感情的に、何と言いますか、仕事に対する未練……みたいなもんですな。私は未練気の多い性分ですからね」

うまい言い方だな、と財部は思った。自分の未練を告白するような格好で、実は総裁の未練を批判しているのだった。全部の御膳立てをしてから引退したいというのは、未練臭い感情にすぎないと言っているのだが、それを総裁の未練とは言わずに、自分の未練とすり替えてしゃべっているのだ。喰えない男だった。

「なるほど。そうか。あれは私の未練かね」と総裁はわざと、相手の批判を表面に引き出すような言い方をした。

「いいえ、総裁の事じゃありませんよ。私ならばそういう未練な気持になるだろうと申したんです」

「わかってるよ。……しかし私はね、まあ、未練でもあろうけれど、これだけはやって置きたいね。F—川の工事は私が計画し、私が手続きをとり、私がこれまでの全部の仕事を進めて来たんだ。従って私の責任でもある。いまから後の準備を何もやらないで、九月まで便々と遊んでいる訳には行かないな。……後任総裁がやりにくいだろうという説も考えられなくはないが、なぜやりにくいのか。どういう所がやりにくいのか。……それも実は理論的というよりは感情的ではないのかね。

私はやるからにはきちんとやって置きたい。後任者が安心して、私の計画をそのまま実行して行けるように、万全の方法を考えたい。大事なのは工事そのものだ。立派な発電所を造り上げる事なんだ。それ以外の煩雑なことはなるべく振り捨てて行きたい。それは感情ではないよ君。感情ではない。仕事に対する熱意だ。あるいは責任感だ。そうじゃないかね。……君は未練という言葉を使ったが、私は未練とは思っていない。未練というのは筋道の立たない執着心のことだろう。私の執着心は筋道が立っていると私は思っている。私はこの仕事に執着するよ。最後まで。引退するその日まで。……これは未練ではない。私の誠意だ。私の義務だ。私は後任者に迷惑をかけるような事はしないつもりだ。

君には副総裁として、こういう私の気持を充分に解って置いてもらいたい。もし理事の中に、私の態度に対して疑問をもつ者があったら、君からひとつ、いま私が言ったようなことを話して、諒解してもらうように努力してくれたまえ。今は大事な時なんだ。明日は机上説明の会もひらかなくてはならん。役員のあいだに意見の不一致などは起らないように、よろしく頼むよ」

大上段な言い方だった。総裁はわざと激しい言葉を使って、若松の持って来た話を有無を言わさず押えつけた形だった。しかし一言も若松を非難はしなかった。非難しては拙いことになる。むしろ腹をあわせて仕事を進めて行こうという態度を見せた。これでは副総裁としても表立って文句の言いようはなかった。

「よく解りました。どうも私は余計なことをお耳に入れたようで、恐縮です。まあ、理事の中からの疑問と言いましても、特に大問題にしているという訳ではありませんから、総裁は別に気になさることも無かろうと思います」

若松は軽い口調でそう言ってから、今夜はK—電力会社に招かれているので築地の料亭へ行くというような、雑談をすこししゃべってから、部屋を出て行った。

まるで狐と狸の瞞《だま》しあいのような一幕だった。両方とも羊の皮をかぶっていた。しかし瞞しあいの中で、実は両方とも本心を語っていたのだ。財部は若松が何を計画し何を希望しているかを察し、若松は総裁がどこまでも現在の態度をおし進めようとしていることを知った。謂わば前哨戦《ぜんしょうせん》のような、小さな闘いだった。

独りきりになってから、財部は腕椅子に深く躰を沈ませて煙草をくわえた。夏の夕陽が傾いて、窓ガラスが輝いていた。若松は多分、もっと別な方法で妨害工作をすすめて来るだろう。どんな形でそれが表現されるか、予想はつかない。しかしいずれにもせよ、闘いは始まっている。この闘いが進んで行けば、彼の留任は更にむずかしくなって来るに違いない。

彼はいましきりに、留任したい気持になっていた。それこそ彼の未練であった。この住み馴れた部屋に、もう四年間すわっていたい。地位もあり名誉もある立場だった。彼に落度があって職を去るわけではない。何事もなければ当然留任できる筈だった。竹田建設と妥協しようか。大川通産大臣の要求通りに動いてみようか。……硬骨漢であることに変りは無かったが、利害得失を考えると、彼の気持は崩れそうになっていた。

しかし青山組に対する義理がある。それがたった一つの障碍《しょうがい》だった。青山に会ってみようか……と彼は思った。会って苦衷を語れば、また何か新しい道が見つかるかも知れない。……

彼は立って、電話機をとり上げた。交換手の女の若い声がきこえて来た。

「青山組へ電話をかけてな、社長がいたら呼び出してくれ」と彼は低い声で言った。

社長は旅行中であった。……

利害の複雑さ

車の中は冷房装置があって涼しかったが、扉をひらくと同時に外の熱気が流れこんで来た。朝の十時半というのに、東京は三十二度を越す猛暑だった。

官房長官はこの暑さの中でも、ネクタイを解いたことがない。きれいに髭《ひげ》を剃《そ》り、すこし白髪の見える髪に油をつけ、上着の前ボタンをかけていた。総理官邸の玄関をはいろうとすると、客が待っていると言う。民政党本部の経理部長が玄関わきの応接室で彼を待っていた。

星野長官はすぐ応接室にはいっていって、机のそばに突っ立ったまま、

「や、お待たせしたね。急用か……」と、横柄な言い方をした。

相手は五十五、六の肥った男だった。民政党というこの大政党は、自分のかねというものは

一銭も持たない。党員から集めた党費と、財界からの献金という、すべて他人のかねであった。その他人のかねを、一年間に何億というほど、湯水のように訳のわからないところに浪費する。経理部長があずかっている帳簿は浪費のための帳簿であった。しかし浪費にも浪費の名目は無くてはならない。

「長官、どうも、早くからお邪魔します」と彼も立ち上っていんぎんに言った。「……実は、すこし内密に、お話し申し上げたい事がございまして……」

「ふむ。何だね」

内密などという言葉は、星野にとっては無意味だった。官房長官のやっている仕事は、朝から晩まで全部が（内密）だった。そしてこの経理部長の仕事もほとんど内密ばかりだった。（内密）が日本の政治を動かしているのだった。

「あの……ここで宜しゅうございますか」

「いいよ。聞きましょう」

「実は昨日、本部の方へ神谷先生がいらっしゃいまして……」

「神谷だれだ」

「神谷直吉先生でございます」

「ふむ……何だって？」

「それがどうも、五月の総裁選挙の前後の、党の帳簿を見せろとおっしゃいまして、いろいろ、根掘り葉掘り質問をされました」

「見せたのかね」

「お見せしました。別に何も記入してございませんから、その方は大丈夫でございます。帳簿だけでは解りゃしません。しかし長官、本当に追及されますとどうも、拙いことになりやしまいかと思いまして、大至急に何とか御都合をお願いしたいんでございます」

「解った。私も考えているから大丈夫だ。用件はそれだけかね」

　突っ立ったままで、面会は一分半で終った。

　長官はそのまま、迷宮のように入り組んだ構造の官邸の廊下を、するすると奥の方に歩いて行った。厚い絨緞《じゅうたん》が敷いてあるので、足音はしない。何かしらしかつめらしく、いんぎんで、ひややかな雰囲気が、この石造りの建物の中に充ちていた。

　彼は自分の事務室にはいると、秘書の青年から事務連絡の報告を聞き、秘書が部屋を出て行ってしまうと、煙草に火をつけて机の上に頬杖《ほおづえ》をついた。神谷直吉が本部の経理を調べに行ったと言う。嫌なやつだ、と彼は思った。

　神谷代議士は札つきだった。おなじ民政党の代議士ではあるが、寺田総理派ではなくて、反対派の酒井派にちかい。しかし酒井派に忠誠を誓っているという訳でもない。正確に言えばどっちにでもなるような（二股膏薬《ふたまたごうやく》）だった。要するに利害関係だけで動いている男である。

　利害関係には二種類ある。物質的な利害と地位や立場上の利害。……ところが神谷直吉は自分が大臣や次官や官房長官や幹事長というような、政府や党の要職につける人間ではないことを、自分で承知しているらしかった。従って彼はもっぱら物質的な利害関係で動いていた。その動き方が恥知らずで、貪慾だった。

国会議員の中には恥知らずな男も少なくないが、そういう人たちすらも、神谷直吉とは行動を共にしないというようなところがあった。彼は昨日、党本部の経理帳簿をしらべに行ったと言う。それは寺田総理派に対する嫌がらせであったか、あるいは酒井和明派に対するごますりであったか解らない。いずれにもせよ、そういう彼の行動にも物質的な計算があるに違いないのだ。寺田派の誰かが神谷と会って、百万か二百万のかねを与えれば、彼はその日から帳簿の調査というような事をぴたりとやめてしまうだろう。そういう男だった。そういう前歴が幾つも解っていた。

ところが神谷自身、五月の総裁選挙のときにははっきりと、寺田総理派の幹部からかねを受け取っているのだ。彼は買収された筈である。しかし選挙のときにどちらに投票したかは解らない。恐らく酒井和明派からも買収されていたに違いない。きのう神谷が調べに行った帳簿には、党費流用の事実は記載されていなかったが、党費はたしかに流用された。その一部を神谷も受け取っている。受け取って置いて、彼は党費流用の事実を追及し、寺田総理の足もとを掬《すく》おうとしているのだった。

星野長官は秘書を呼んで通産省に電話をかけさせた。

「次官がおったらな、相談したい事があるから直ぐ来てくれるように言ってくれ」

ところがそれから来客が続いた。警視総監が来て文部次官がきて防衛庁の高官がきて日銀の副総裁がきて党の総務会長が来た。通産省の平井次官は三十分以上も待たされた。星野は次々とやって来る客を巧みにさばいて行った。俊敏で冷酷で聡明な男だった。顔色ひとつ動かさずに、どんな大仕事でもさばいて行ける男だった。平井次官が待っている応接室へはいって来たのは十二時を四十分も過ぎた頃だった。

「やあ、お待たせして……」と彼は言った。

二人ともまだ昼食をたべていなかった。平井は肥っているので夏に弱く、禿頭に汗をかいていた。彼は糖尿病の持病があるので、顔色がうす黒く濁って、肩で息をしていた。

「何か、急の御用でしたか」

「うむ、それがね。……例の竹田建設のはなしですが、あれ、何とか早くまとまりはつきませんか」

「はあ……。早い方が宜しいですか」

「大至急に何とかしたいんですよ。要するに問題は財部総裁を承知させることじゃないんですか」

「おっしゃる通りです。それがどうも長官、財部という男はちょっと意地っ張りでしてね。大臣からも懇談しましたし、私からもそれとなく言って置きましたが、少しつむじを曲げているらしいんですな。総裁は竹田建設には仕事をやらせたくないんですよ。もう一つ青山組というのがありまして、その方にやらせたいんです。と申しますのが、前々からの引っかかりも有る訳です。ですからその関係を一つ解きほぐしてやりませんと、この話はどうもすらすらとは参りません。私も実は少々困っているんですよ」と、おしゃべりな次官は頭を振りながら早口に言った。

「ふむ、なるほど」

「実はこの前も、竹田建設の専務……たしか先日お会い下さいましたね。あの朝倉専務によく申しまして、一対一で総裁と懇談させてみたんですが、どうも総裁は腹がきまっているようですよ。つまりですな、総裁は九月の末まで任期がございますが、その間にすっかり自分の手で御膳立てをしまして、……あの、九州のF—川のダム工事の件ですな、あれをすっかり御膳立てしまして、もう誰にも手がつけられないようにして置いて引退しよう。……そういう腹のようですよ。是れはですな……」

「それで、要するに……」と星野は相手の饒舌を押えつけた。「要するに、どうすればいいんですか」

「はあ。それで実は大臣ともいろいろ相談しておる訳ですが、もし出来ますれば長官からひとつ、じかに財部総裁を呼んでいただいて、命令と言いますか、懇談と言いますか、お会いいただいた方がよくはないか。それが一番手っとり早いんじゃないか。……そんな風に私は考えております。誠に私としては責任を転嫁するようで恥ずかしいんですが……」

「うむ。……しかし私はそんな立場ではないからね」

「それはよく存じております。実は大臣も最初は財部総裁を、もう一期留任させて、その代りに竹田建設の方の話を承知させようと考えておられたんですが、総裁は青山組の方にどうしても義理を立てなくてはならんという事情があるらしいですな。要するに財部総裁ひとりにこの問題は引っかかっておる訳です。ですから長官からちょっと話をして頂けたら、案外総裁も折れて来やしないかという風に考えた訳なんです。……そういう御都合には行きませんでしょうか」

「ふむ、解りました」と長官は言った。「また何か事情が変るようなことがあったら、知らせて下さい」

彼は財部に会うとも会わないとも言わなかった。約束をすれば責任が生ずる。責任が生ずると立場が窮屈になる。平井次官に確答を与える必要はない。財部に会おうと思ったら自分勝手に会えばいいのだ。しかし腹はきまっていた。党費流用を神谷直吉が調べはじめている。神谷は札つきの無頼漢のような男で、何を言い出すか解らない。事は急を要するのだ。

星野長官の方は急速に事を運ばなくてはならない事情であったが、平井次官にしてみれば格別に急ぐほどの用事はなかった。もともとF―川の工事は竹田建設であろうと青山組であろうと、通産省としてはどちらでもよい。平井次官もまた特別な利害関係はなかった。ただ今度の話が始まってから、大臣が星野長官の金策を押しつけられて、竹田建設の肩を持つようになった為に、次官もそれに巻きこまれて、竹田建設の朝倉専務から五十万円ほどの（運動費）は貰っている。義理と言ってもその程度の義理しか無いのだ。

したがって彼としては、これ以上むずかしい仕事を押しつけられるのは嫌だった。長官が自分で、財部総裁を説得したらいいだろうという腹があった。

この日の話はうやむやに終り、長官は何も約束らしいことは言わなかったが、平井次官は一応厄介な用事を長官に押しつけたかたちで、官邸を出た。一時を過ぎたというのに、まだ昼食をすませてなかった。

車でまっすぐに通産省に帰って来ると、秘書の青年が彼を迎えて、

「お留守中に電話がございました」と言った。

「誰だ」

「小泉先生からです。十二時十分でした」

小泉英造は民政党顧問。党の長老であって大臣を四回つとめている。七十三歳。派閥の上に超然としているかたちではあるが、厳密に言うと寺田派ではなくて、酒井派に近い。五月の総裁選挙のときには酒井を裏面から応援していたのは事実であり、酒井和明のために選挙資金をあつめる工作もしている。しかし今は寺田総理を支持し、総理に忠告するような立場をとって

いる。

平井次官は小泉と直接に話しあったことは一度も無い。小泉は官僚出身であり平井は党人派であった。その小泉からいきなり電話がかかって来たということが、彼には納得できなかった。

「お帰りになったら電話をかけてほしいというお話でした」と秘書官は言った。

「うむ。ちょっと何か食べるからな。そのあとにしよう」と次官は言った。

仕出しの弁当が机の上に来ていた。みんな冷たくなっていた。食事のあとで一本の煙草をすい、それから小泉英造の事務所へ電話をかけさせた。

相手は丁寧な言葉で、老人らしいゆっくりした口調だった。

「ああどうも、お忙しいところを済みませんな」

「いえ、どう致しまして。ちょっと総理官邸の方に呼ばれていたもんですから、お待たせしてしまいました。何か私に御用でしたか」

「うむ、それがね。私は事情に暗いもんだから、君に聞いたら一番よく解るだろうと思ったんですよ。実はね、君の方の管轄の電力建設会社ですな。あの総裁の財部というのは私と同郷でね。私の遠縁になるんだ。あっちの方は若いけど、またいとこ位に当るんでね。そんな訳で私は蔭ながら財部のことを心配しているんだが、あれは任期はいつまででしたかねえ」

「はあ。九月末までです」

「九月末？……うむ、そうか。……それで、任期が来たところで、留任ということにはなりませんか」

「さあ。それはどうも、私からは何ともお返事を申し兼ねます。総裁の人事は大臣の権限でして……」

「うむ、それは解っていますがね。してみるとまだ、留任ときまっている訳ではありませんか」

「何もきまってはおりません」

「そう。……君はつまり、大臣からは何も聞いていないという訳ですか」

「何も伺っておりません」

「そうですか。しかしね、大川君はこの五月の末か、大臣に就任して直後に、財部にむかって直接にね、君は留任させるからと、そういう口約束をしたそうだね。君、知っていますか」

「いいえ、存じません。大臣は私にはまだ、そういうお話はなさいません」

「ふむ……そうしますと、留任とも引退とも、まだ決定してはいないということですかな」

「さあ。私は何も聞いておりませんが、大臣には何かお考えがあるのかも知れません」

「なるほど。そうですか。どうもね、何ですか噂によると、電力建設の方もいろいろ問題はあるらしいが、しかし財部はまだ働ける人間だと私は思うし、今日まで別に落度があった訳でもないでしょう。だから、もし出来ればね、財部を留任させてやってくれませんか。私から一つお願いするんだが……」

「はあ。それは私ではなく、大臣におっしゃって頂きたいと存じます。私も只今のお話はお伝え申しますが……」

「ええ、有難う。大臣に言ってもいいんだが、何だか大臣の仕事に註文《ちゅうもん》をつけるようで、ちょっと言いにくいな。君から宜しく話して置いてくれ給え。たのみます」

「はあ。解りました。お話の通りに伝えて置きます」

　受話器を置いてから平井次官は、また事態が厄介になって来たと思った。これまでは財部は孤立していた。大臣と次官と官房長官とが、寄ってたかって彼をねじ伏せようとしていたのだ。ところが財部の背後には党の長老の小泉英造がいた。いまのところ彼は低姿勢であって、積極的に財部のために闘うというような姿は見えないが、小泉が本気で立ちあがれば、星野官房長官といえども勝手なことは出来ない。もしかしたら小泉は、竹田建設からの四億の献金を不可能にして、それで以て寺田総理を窮地に追い込もうという策略であるかも知れない。

　思うに財部総裁は、自分の立場が不利であることを知って、遠縁にあたる小泉に応援を求めたものであろう。しかし小泉からの話が、財部総裁の留任という問題に限られていたことは、平井次官としては意外だった。財部自身、満期退職を覚悟のうえで大臣に楯ついて来たのだ。彼としてはF—川の工事を青山に渡して、竹田建設を閉め出してしまえば、それで目的は達しられる筈だった。

　それを今になって、急に留任の問題をもち出した財部の意図が、平井次官には解りかねた。

留任を望むならば、その代り今度の工事は竹田に落すという約束が無くてはならない。工事は青山にやるが、留任もしたいというのでは、あまりに一方的で、慾張り過ぎる……。

大臣室から、すぐ来てくれという連絡があった。次官は煙草をくわえたままで部屋を出た。すると廊下をぶらぶらしていた背丈の高い男が小走りに寄って来た。

「平井さん、ちょっと、僕ですよ」と彼は言った。政治新聞の古垣常太郎だった。「あのね、ひとことだけお訊きしたいんですが、九州のF――川は水利権問題で地元が騒いでいるそうですね」

「いや、僕は知らん」

「そうすると現地説明の会は延期じゃないですか」

「僕は何も知らんよ。財部総裁にききたまえ」

「財部さんの留任はもうきまりましたか」

「知らん知らん。それは大臣がきめることだ」

言いながら二人は大臣室の方へ急ぎ足で歩いていた。

「待っていますからね。あとで少し話を聞かして下さい」

「今日は駄目だよ。二時から会議だからね」

次官はそそくさと大臣室へはいって行った。大臣室には栃木県、群馬県の織物業者たちが二十四、五人も、何かの陳情に来ていた。椅子が足りなくて、みな立ち並んでいる中で、大川大臣は厳しい表情をして、業者の代表の陳情を聞いていた。

狡《ずる》い指相撲

九州F―川にダムが建設されれば、当然F―川の流れは堰《せ》き止められてしまう。そこに周囲五十キロにわたる人造湖が出現する。したがって水没する山林農地宅地建物等々に対する補償の問題がおこり、水利権の問題がおこる。ところが地元民の要求が強いために、水没地の補償も水利権の補償も終ってはいなかった。

七月にはいって、地元民の動きは活潑《かっぱつ》になり、補償要求がなかなか片付かないのに腹を立てたらしく、ダム建設反対運動に発展しそうな気配が見えてきた。地元民の代表者が県庁に押しかけて行って知事に面会を求めたり、一部の代表者が陳情のために上京の準備をしたりしているという報告が、通産省にはいっていた。

そういう不穏な状勢のなかで、現地説明の会をひらくことは、地元民の感情を刺戟《しげき》し、一層事態を悪化させる畏《おそ》れがあった。現地説明の会には、指定された土建業者五社の代表者や技師たち、およそ三十名を招き、電力建設会社からは財部総裁と理事数名、それに技師たちを加えて、一行は四十名ちかい人数になる。これだけの人数が車をつらねて現地を見て廻ったり、地質調査をしたりしては、どんな妨害運動をされるか解らない。地元の警察からも、現地説明の会は延期された方がよいのではないか、という警告が来ていた。

財部総裁にとってこの事件は大きな蹉跌《さてつ》であった。現地の紛争はいつになったら治まるとも予想はつかない。水利権問題も水没地の補償も容易な問題ではない。予算と関連することでもあり、物価とも関係がある。どの川のダム建設でも必ずつきまとう難問題であり、総裁自身いくたびか頭を悩ました経験をもっている。

したがってこの問題のかたが付かない限り、彼が役員会で発表した予定はみな崩れてしまう。現地説明が終らなくては土建業者たちの入札が出来る道理はない。財部が自分の在任中に全部の御膳立てを終りたいという念願は、怪しくなって来た。任期の終りは日一日と迫って来る。

彼はあせっていた。そして孤立無援であった。遠い縁故をたよって民政党顧問小泉英造に(口利き)を頼んだのは、彼としては未練のなせる業《わざ》であった。できることならば大川通産大臣に交渉して、留任させてもらいたいと考えていた。しかし小泉にはあまり詳しい話はしてなかった。詳しい話をすれば、彼と青山組とのつながりや、若松と竹田建設とのつながりまで言わなくてはならない。小泉英造はただ単純に、(まだ働けるのだから留任させてやってくれ)とだけしか言えないし、それだけの事しか知らなかった。

それでも財部は、もしかしたら大臣から呼び出しが来て、留任させるという話があるかも知れないと思っていた。淡い望みだった。留任にはどうしても条件がついているのだ。官房長官が四億乃至五億の献金をあてにしている限り、大臣といえども竹田建設をあきらめる訳には行かない。大臣にしてみれば、竹田に工事を落して五億の献金を取ることが出来れば、寺田総理に対して大変な勲功を立てたことになる。従って寺田政権がつづく限り、大川大臣は羽振りの良い閣僚でいられるだろうという計算もあり得たのだ。

総裁は八方塞《ふさ》がりだった。土建業者五社に対しては、地元民の騒ぎが治まるまで、当分現地説明は延期をするという通達を出させておいた。それからあとは、もう何をすることも出来なかった。手を拱《こまぬ》いて任期の終るのを待つばかりだった。水没地補償金のことで理事たちと協議もしてみたが、早急には埒《らち》が明かない。地元民は騒ぐ方が得なのだ。騒がれて金額をふやしては、それが前例になって、今後の仕事がやりにくくなる。時間をかけて、地元民の疲れを待つというような画策もあった。しかし地元民が疲れるより先に、総裁の任期が終ってしまうかも知れない。

こうした困難な地位にありながら、彼はやはり総裁の椅子に未練があった。日とともに未練な気持が強くなって行くようだった。まるで病気が重くなるに従って命が惜しくなるような具合だった。しかし未練と同時に、あきらめの心もあった。

そうした二重になった重苦しい気持のなかから、彼は積極的な解決に動いてみようと思い立った。自分で現地へ行って、直接に地元民に会って説得し、県庁へ行って水利権の問題を研究してみようということだった。やれるかやれないか。ともかくもぶつかってみなくてはならない。それが総裁として、F—川問題を推進するための責任ある態度でもあるに違いない。総裁は秘書に言いつけて、福岡までの飛行機の二つの座席をとらせた。それから現地にちかいホテルの部屋を予約させた。すべて彼の独断であった。彼は腹心の理事一名だけを連れて行こうと考えていた。

ところが彼の予定は、経理部が飛行機の料金を支出したことから全役員に知れたらしかった。総裁が明朝出発するという前日の午後、何の予告もなしに若松副総裁が、自分で総裁室の扉をノックしてはいって来た。彼のうしろには三人の理事が立っていた。

その顔ぶれをずっと見て、財部は或るものを直感した。三人は副総裁派ともいうべき理事ばかりだった。これだけ顔をそろえて押しかけて来たからには、何かの計画があるに違いないのだ。

「おやおや……」と総裁は柔らかな微笑を見せて言った。「おそろいで何だね。重大な用件かな。それとも一緒に三時のお茶を飲もうとでも云うのかな。まあまあ、かけ給え。ちょっと手紙を書いてしまうから、一分待ってもらいますよ」

その一分のあいだに、総裁は事態を察し、見透しをつけ、自分のとるべき態度をきめようとしているのだった。彼は手紙を書き終って封をしながら、

「若松君はちかごろ、ゴルフはどうだね」と言った。

「忙しくてそれどころじゃありません。日曜だけです」

「うむ。そうだろうね。……通産大臣はゴルフが巧いそうだね」

「いや、巧くないです。癖のあるゴルフですからね」

「そうかね。そうだろうね。人間もひと癖ある人だからね」

無駄ばなしのような会話のなかで、総裁は若松が大臣といっしょにゴルフをやったらしい事を察していた。若松はその程度には大臣と親しく接触しているに違いない。彼等二人のあいだでは、総裁の知らない何かの密約ができているかも知れないのだ。

彼は煙草に火をつけてから、四人の待っている所に立って行った。

「やあどうも、お待たせしました。実はね、明日の朝わたしは長谷川理事と二人で、九州へ行くことになっているんだ。何しろいま補償金のことや水利権のことで揉めているでしょう。県庁も困っているらしいからね。どうも抛《ほう》って置くわけにも行くまい。そっちの方が片付かないことには、現地説明の会をやることも出来ないからね」

「向うは足もとを見ている訳ですよ」と、頭の禿げあがった小島理事が言った。

「いや、それればかりじゃない。水没予定地に新しくバラックを建てて住みつくやつがいたり、雑木山を大いそぎで伐《き》りひらいて耕地にしてしまったり、要するに補償金をたくさん取ろうとして、いろいろな画策をしている者もあるらしい。時期が遅くなればなるほど、地元民に乗ぜられる事が多くなる。一日も早く問題を解決してしまわないと、補償金がいくら有っても足りないことになるよ。だから二日か三日の予定で行ってみようと思っているんだ」

「それはどうも、御苦労さまです」と副総裁は言った。「しかし問題が問題ですからね。向うへ行かれても、二、三日でかたを付けるという訳には行かんでしょう」

何か含みのあるような、意地のわるい言い方だった。財部はそれを感じていながら、敢えて咎め立てはしなかった。

「もちろん私も、そんな甘いことは考えていない。だからと言って何かしらの対策はしなくてはならないからね」

三人の理事はみんな煙草をすっていた。むずかしい本題にはいるきっかけを探りながら、迷っている様子だった。こういう時には、一番気の短い男が、耐えきれなくなって発言する。深田理事だった。

「もう少し放ったらかして置いたら、どうですか」と彼は言った。

「うむ。……それで、良い結果になるならね」

「結果はわかりませんが、F―川の仕事は、僕は急がない方がいいと思うんです。なにしろ大きな工事ですから出来るだけ慎重にしたいと思うんです」

「私は慎重にやって来たつもりだがね。君は別に何か意見があるのかね。有ったら聞かせてくれたまえ」

「意見という程の事でもありませんがね。……たとえばいま、土建業者を五社だけ指名したでしょう。あれだって果して妥当かどうかという問題もありますよ」

「その事はこの前の役員会で、中村君から説明があって、五社に決定した訳だが、あの時は君も賛成したんじゃなかったか」

「一度は賛成しました。中村君の調査に敬意を表したわけです。しかしあのときは否定されておりますけれど、戸沢組を加えて六社にしてもよかったと私は思っています。戸沢は経歴が浅いし規模もやや小さいですが、一昨年でしたか重役連中がアメリカへ行って、アメリカの新しい機械をいろいろ入れているし、作業能率もアメリカ式のやり方で、ぐんぐん成績をあげています。古い業者は機械はあっても運営がへたくそで、アメリカの業者にくらべると能率は落ちますね。……ですから戸沢の入札値段はいつもほかに比べて安いですよ」

「君のそういう意見を聞いたら、戸沢組は喜ぶだろう」と財部総裁は狡い言い方をした。

するとと若松が機会を待っていたように、口を出した。

「まあ戸沢組の件はともかくとしてですな。総裁にひとつ腹を割った御意見をうかがいたいと私は思うんですが、……つまりですな、いま九州では地元民が騒いでいるし、これはなかなか急にはかたづかないと私は見るんですが、それやこれやで、総裁が九月までの任期内に一切の準備をととのえて、後任者に渡すというお考えは、是れは無理じゃないかと私は思うんです。

むしろ総裁としては、後任者が仕事がやり易いように、F―川の問題に関しては、一切を白紙のままで後任者に渡す……という風に考えて頂いた方が、自然じゃないかと思うんです。これは私だけではなく、ここにいる深田君、小島君、吉野君、みな同じ考えをもっていますが、総裁はどうお考えですか」

とうとう来たな、と財部は思った。ようやく会社の内部、役員の内部からは火の手が上ったのだ。総裁は追い立てられている。今から任期の終るまで、何もするなというのだ。仕事をして貰いたくないと言うのだ。表面にはまことしやかな理由がつけられている。(後任総裁のやりよいように……)しかし問い詰めて行けば、竹田建設にF—川の工事を渡そうという魂胆にまちがいは無い。朝倉専務の老獪な画策を受けて、この連中が、(おれを追い出しに来たのだ)と総裁は思った。しかし彼は柔らかく微笑をたたえて、この宣告を受けた。

「なるほど。そういうやり方もあるのだろうな。私としても考えない訳ではない。しかし工事は一日も早く着手するようにしたい。従ってその為の準備もはやく進めて置きたい。私も高い給料を貰って遊んでいる訳にはいかんからね。後任総裁がやりにくいような事は、私は一切やらないつもりだ。誰が後任になっても、すらすらと工事が進められるようにして置きたいと思っている。したがって工事請負人の決定も慎重にやりたい。地元との契約も慎重に固めて行きたい。君たちが心配してくれるのは有難いが、私はまちがった事はしないつもりだ。だから安心してくれ給え」

若松副総裁は体格のいい躰を腕椅子の背に反らせて、指の間で煙草を弄《もてあそ》びながら、わざとらしい柔らかな口調で、「私は総裁を信じておりますから」と言った。「別に心配も何もしてはいません。しかしいわゆる世間の口には戸がたてられないと言う通り、世間の奇妙な噂を封ずる訳には行かないんです」

「ふむ。どんな噂だね」

「ええ、それがどうも、甚だ言いにくい事なんです。……つまり、これはここだけで忘れて頂きたいんですが、電力建設の総裁は任期の終るまぎわになって、大急ぎで工事請負業者を決定しようとしているが、あれは何か訳があるんじゃないか。……通俗な言い方で言いますと、喰い逃げをするんじゃないか。……そういうことを言うやつもいる訳です。そんな疑いを受けては、総裁としても誠に心外なはなしでしょうし、会社としても世間から疑惑の眼で見られるかも知れません。これではどうも、総裁としても、いわゆる晩節を全うする所以《ゆえん》でない、と。……そんなことを私は心配している訳です」

財部は腹のなかが熱くなるのを感じていた。きれいな言葉で、巧みな表現を用いて、心配そうな表情をつくって、まるで味方のような顔をしながら、実は彼こそ総裁の足もとに陥し穴を掘っているのだと、彼は思った。しかし彼は心中の怒りを色にも見せなかった。その位の修業は経ているのだ。そして彼は若松の話とはまるで違ったことを言った。

「実はね、若松君……君にはまだ何も言わなかったが……つまりまだ発表の段階ではないと思ったから私は黙っていたんだが、大川通産大臣は私にむかって、直接にね、(君には留任してもらうつもりだ)と、そう言って下さった」

若松は表情を動かさなかった。しかし多分、彼の心中では一切の画策が瓦解して行ったに違いない。……それを思いながら、総裁はさらに言葉をついだ。

「私は大変ありがたいと思った。F―川の工事は私の責任において手をつけた仕事だ。せめて是れだけでも完成してから、職をしりぞきたい。……しかし是れは、いつかも君が言ってくれたように、私の未練というものだ。

私ももう若くはないからね。F―川の仕事は準備一切をととのえるだけで、工事の方は後任者にお願いすることとして、きれいに身を引きたいと考えた。しかし仕事のことはやっぱり心配だ。無事に完成してくれればいいがという気持は棄てきれない。

そこでね、是れまでの経緯その他、F―川の仕事について知り尽している人物、同時に人格手腕その他すべてについて信頼し得る人物、……そういう人物を後任総裁に迎えたい。私はそう考えた。そして、私のそうした希望をすべて充たしてくれる人物として、若松副総裁の昇格が一番妥当であり、一番望ましいのではないかと考えた。機会があれば私は大臣に、その事を進言したいと思っているんですよ」

総裁はそれだけ言っておいて、明るい笑顔を見せた。これこそ狡猾きわまる笑顔だった。若松を推薦する意志など毛頭ないし、いまここでこんな話をしようという腹案も何もなかった。反射的にいきなり頭にうかんだ事を、すらすらとしゃべっただけのことだった。つまりでたらめだった。若松が（喰い逃げ）というような強烈な言い方をしたので、それに対する復讐として、最も皮肉な言い方を思いついたのだ。

しかし若松もさすがだった。彼は肩をゆするようにして、声に出して笑った。

「いやどうも、御信頼をいただいて誠に恐縮です。しかしまあ、そんな夢のようなお話は、あてにしない事にしましょう。……大臣が総裁を留任させると言われたそうですが、それはいつですか」

「さあ、いつだったかな。ええと、いずれにしても六月だな」

「それではもう、問題はありませんな。総裁はゆっくりとF——川の工事の完成を見届けることが出来ます。……そういうはなしでしたら余計のこと、さし当っての準備などは急ぐ必要もありませんな。九月の任期までに云々という問題は一切解消です。そうですか。それは何よりも結構でした。私もひとつ、あと四年間がんばりますから、宜しくお願いします」

「いやまだ、どうなるか解らんよ」

「それでは困ります。どうか留任なさって下さい。……ではまあ、そういうことで……」

若松は自分の来訪の目的を、自分で揉み消すような言い方をして、席を立った。三人の理事も彼のうしろに続いた。あとに残った財部は独りでにやにやしていた。口先では、両方とも嘘ばかりを言いながら、しかし闘うところは確かに闘っていた。闘ったけれども、誰も血を流してはいない。まるで指相撲のような狡い闘いだった。けれども事態は急迫して来たらしい。彼はますます孤立していた。いよいよ進退をきめなくてはならない時が近づいて来たようだった。

悪には悪を……

石原参吉の手もとには、また新しい調査資料があつまって来た。荒井と脇田とが手分けして調べて来たものであった。

参吉はその資料をくり返しくり返し精読して、世間の眼からは全くかくされている（真実）を探り出そうとするのだった。真実ほど怕いものはないのだ。真実はしばしば極秘にされている。真実はしばしば、その当人を社会的に葬り去るだけの力をもっている。他人の真実を握ったものが世間の勝利者となり、自分の真実を他人に握られた者は敗北者となる。それは警察とも裁判所とも関係のない所で、極秘のうちに闘われる静かな闘争だった。参吉はこれまでに、彼の厖大な調査資料にもとづいて、何十回となくこうした闘争を経験して来た。彼は先ず、動かすべからざる真実を握っておいて、相手に闘いを挑む。負ける筈のない闘いだった。そしてそれが、彼に莫大な富をもたらしたのだ。

脇田の資料によると、葉山にある星野官房長官の別荘は、丘のふもとのゆるやかな傾斜地で、古い松の木が二十本ばかりも立ちならんでいる。地坪四百七十五坪。建物木造平屋建て四十四坪。別に車庫と、車庫の二階に運転手を泊らせる部屋のついた一棟十五坪。ざっと四千万円くらいに評価される。

土地建物の名義人は山瀬みつ、六十六歳。この人物は別荘には住んでいない。星野長官の本宅の付近によって調査したところでは、山瀬みつは星野家に十六、七年にわたって奉公していた使用人であったが、昨年暮から腎臓《じんぞう》をわずらい、長期療養を要するので、星野家からひまをとって、郷里長野県伊那《いな》市に住む娘のところに引き取られていった。このような山瀬みつが葉山の別荘を貰う筈も買う筈もないので、星野長官が使用人の名前だけを借りたものであることは否定し得ないと思われる。……

もうひとりの荒井の調査報告はもっと面白いものだった。荒井は中年の、痩せた小男で、一見いかにも貧弱な風体をしている。彼は自分のそういう風体を利用して、小型の鞄を用意し、その中に買い集めた三光堂の化粧品一式を詰めこんで、化粧品のセールスマンに化けた。百貨店を廻って、三光堂化粧品の宣伝パンフレットを集めてくることも忘れなかった。そのパンフレットを熟読して、ひと通りその化粧品についての知識を得た。

それから七月末の暑い日、昼食後の一時すぎ、女たちの一番ひまな時間をえらんで、彼は星野の別荘を訪問した。

石を積んだ門柱。扉はない。つつじの植込みの間をゆるやかに登る道。玄関は純日本風だった。そこにただ山瀬とだけ書いた表札があった。呼鈴を押すと四十年輩の女中が出てきた。荒井はすぐに彼女に千円紙幣を握らせ、化粧品のセールスマンだが、是非奥さんに会わせてくれと頼みこんだ。

奥の方で女同士のやりとりの話し声がきこえていたが、やがて奥さんという女が出てきた。三十過ぎの小柄な女。昼日なか、化粧らしい化粧はしていないので、顔の色艶《いろつや》は悪かった。派手な浴衣の柄と、帯の結び方に特徴があった。元は芸者だったに違いないと、荒井は直感的に思った。

「化粧品でしょう?……わたし要らないのよ」と、女は柱にもたれて立ったままで言う。

その姿が何となく崩れていた。良家の奥さんという格好ではない。

「いいえ、奥さん、今日は買って頂くんじゃございません。見本をいろいろ持って参りましたから、ひとつお試しになって頂けませんですか。最近わたし共の会社で大変良いものが出来ておりますので、見本を置いてまいります」

しゃべりながら荒井は鞄から取り出した化粧品を出してずらりと並べた。

「どれでもお好きなだけ、お取り下さいませ。今日は一銭も頂く訳じゃございません。私はただ宣伝だけをやっておりますので、販売員じゃございませんから……」

ただだと聞くと、女は欲が深い。好きなだけ取れと言われると、断わっては損だと思う。そこが荒井の覘いどころだった。彼はパンフレットを並べ、その化粧品についての新しい知識と効能とをまくし立てた。女は上りかまちに坐って、品物を手に取る。荒井は惜しげもなく小函《こばこ》の封を切り、蓋を取ってやる。女は釣りこまれて、クリームを手につけてみる、化粧水の匂いをかいでみる。肥ってはいないが、適当に肉付きもあって、ちゃんと着付けたら綺麗な女だろうと思われた。

話がほぐれて来たところで荒井は、

「お立派なおやしきですな。もう永くお住まいですか」と何気ない言い方をした。

「ええ、四年ばかり……」

四年?……と彼は思った。四年という年月のなかに、不可解なものがあるのだ。

「さようですか。私はこちらは始めてですが、私の仲間の者が、前に一度こちらへ伺ったことがございます」

「あら、そう」

「たしかこちらのお邸は、東亜殖産会社の、原本社長さんの御別荘だったように聞いておりましたが、さようでございますか」

「ええ、前にね」

「ああさようですか。じゃ、今は?」

「いまは別よ」

「はあ。お売りになりまして?」

「ええ、まあね」

そこに、時間的な喰い違いがあった。この別荘が原本社長から山瀬みつに譲られたのは去年の暮だった。登記書類にちゃんと書いてある。それはもう調査ずみだ。ところがこの女はこの別荘に四年住んでいるという。彼女が過去四年間、星野官房長官の（二号夫人）であったとすれば、長官はこの別荘を過去四年間ずっと原本社長から借りて、この女をここに囲っていたということになる。長官はそんなに以前から原本社長と深いつきあいが有ったのだろうか。

ひと通りの偵察を終り、化粧品の幾つかを進呈して、調子よく挨拶をして玄関を出ると、荒井はすぐに勝手口にまわり、さっきの女中をそっと手招きして家の軒下まで呼び出し、化粧水とクリームの瓶を手渡ししながら、

「有難う。お蔭で良い商売ができるよ」と言った。「ところで君に一つだけききたいんだが、奥さんは前、たしか芸者だったねえ。そうだろう?」

「ええそうよ」

「ええと、どこだっけな。新橋だったか柳橋だったか……」

「熱海《あたみ》にいらしたのよ」

「ああ、そうか。熱海だったか。相変らずきれいだね。いや、どうも有難う」

それだけ訊き出しておけば、充分だった。荒井は東京へは帰らずに、まっすぐに熱海へ行って、お宮の松のちかくの一流旅館に宿をとった。それから特に註文して、この土地で古顔の芸者を三人呼んでくれと頼んだ。三人は間にあわなくて、二人だけやって来た。四十七、八の老妓と、三十年輩の田舎くさい女とだった。

三味線をひかせて歌をうたい、酒をのみ、世間ばなしをして、女たちの警戒心をすっかりときほぐしてから、荒井は気楽な調子ではなしかけた。

「君たち知ってるか。いつ頃だったかなあ。東亜殖産の社長さんがよく熱海へ遊びに来ていただろう。原本さんと言う六十二、三ぐらいの小父さんだよ」

「原本さん?……お客さんも多いから解らないわねえ」

「忘れたわねえ」

「そうかい。ええと、何とか云う熱海の芸者を引かして、二号さんにして連れて行ったじゃないか。葉山に立派な別荘を持たせてさ」

「文菊さんかしら……」と老妓の方が言った。

「ああ、そうかも知れないわ。何とか会社の社長さんだって聞いたわね」

「文菊だったかな。わりと小柄の、ちょっと綺麗な妓《こ》だよ」

「そうよ。文菊さんだわ。たしか葉山だっていう話よ。わりとおとなしい人でしょう。そうね、いま三十一ぐらいかしら」

「うん、それだよ。あれはいつだったかな。やめたのが……」

「もう三年」

「いいえ、もっとよ。四年ぐらいよ。あのひとは月の家さんだったわね」

(月の家の文菊)と、それだけ解れば荒井の目的は達したようなものだった。あくる日の昼ちかく、彼はカステラの大箱を手みやげにして芸者置屋月の家をたずね、文菊についての話を聞くことが出来た。

芸名文菊。本名沢田きよ。郷里は山梨県黒駒。静岡で二年ばかり芸者をしてから熱海に変り、月の家に三年ほどいてから原本社長に正式に落籍《ひか》されて葉山の原本氏の別荘にかこわれた。それが四年まえの十月であった。性質は温順。頭の悪い妓で、踊りの覚えが悪くて、客の前でちゃんとした物は踊れなかった。自分の意見というものが無くて、ひとの言いなりになるような女だった……。

そこまで聞いて、荒井の疑惑ははっきりして来た。原本市太郎社長に落籍され葉山の別荘にかこわれた文菊が、別荘が山瀬みつに譲りわたされた後に、なおもそこに住んでいるのはどういう訳か。そして星野官房長官が五日にあげず、東京からこの別荘にかよって来るのはどういう訳か。彼女は別荘が譲りわたされたとき、別荘といっしょに新しい持主に譲りわたされたとしか考えられない。ちょうど家に住みついている猫が、家の居住者が変ったあとそのまま、新しい居住者に飼われているのと同じような具合ではないだろうか。

この不思議な事件の裏には、東亜殖産会社の七年間にわたる脱税事件がからんでいると見なくてはならない。脱税額およそ十三億。加算税を加えて十五億にちかい金額だった。それがどういう訳か、七年にわたる分割払いが認められ、責任者の処分は行われなかった。

この間に、贈賄行為があったに違いない。賄賂は葉山の別荘と、そこに住みついている文菊と、いっしょだった。安く見て四千万円の土地建物と、それに若い女も付いていた。しかし多分（妾《めかけ》の譲渡）は贈賄罪の対象にはならないだろう。彼女は月の家の女将が言ったように、頭のわるい、温順な、そして人の言いなりになるような女であったのだ。……

荒井は東京へ帰るとすぐに、葉山の星野の別荘に電話をかけてみた。取次ぎに出た女中に、

「もしもし、文菊さんをちょっと呼んで下さい。お宅の奥さんですよ」と言った。

少し間を置いて、例の女が電話に出ると、

「もしもし、文菊さんですか」と言ってみた。

「は?……どなたですか」

「あの、熱海にいらした文菊さんじゃありませんか」

「はい、文菊ですけど、あなたは……」

そこまで聞いて、彼は電話を切った。やはりあの女に間違いなかった。

これだけの調査書類を読んでから、参吉は東亜殖産会社へ電話をかけて原本社長を呼んだ。はじめ秘書の者が怪しんで、社長をなかなか電話に出さなかったが、

「私は石原参吉だ、君なんか用はない。社長を呼んでくれ。緊急の用事だと言ってな……」と、鉛のような暗い重い口調で命令すると、しばらくして社長が電話に出た。

「原本さん?……私は石原参吉です。まだ直接にお会いしたことは無かったようですが、少し

おたずねしたい事がありましてな。……実はね、あなたの別荘のことで、ちょっと解らんことがあってね」

「どこの別荘ですか」

「葉山ですよ」

「葉山に別荘は持っておりません」

「うむ、その事さ。去年の秋まではあんたの別荘でしたね。間違いないでしょう」

「それが、どうかしましたか」

「文菊さんという女がおりましたな。四年ほど前まで熱海で芸者をしていたのを、あんたがひかして……」

「それが、どうしたと言うんです」

「文菊さんは今もまだあの別荘にいるようですなあ」

「一体君の用件というのは何ですか」と原本は言った。内心の不安がその声に出ていた。

参吉は無表情な重い顔つきのままで、

「あの別荘は山瀬みつという人の名義になっているようですな」と言った。「しかしそれは名義だけのもので、本当は現在政府の要人だそうですな」

「それは知りません。私は山瀬みつという人に譲っただけです」

「そうかな。それは少し違うようですな。東亜殖産の脱税事件と関連があったように私は承知しておりますが、如何ですか。……官房長官は近ごろたびたびあの別荘へおいでになるようだが、あんたはあれを、いくらで売りました？」

「そんな事はあなたとは関係ないでしょう」

「いや、ちゃんと返事をして下さい。いくらで売りました？……それで、売ったかねは受け取りましたか。……受け取っておらんでしょう。どうですか」

「いつ受け取ろうと私の勝手です。あなたとは関係のないことだ」

「いや、原本さん、そんな言い方をしてはいけないね。この話はね、世間に発表されたら大事件になりますよ。官房長官は即日辞職。そして寺田内閣だって潰れるかも知れない。東亜殖産は脱税事件のあと始末のために、今度は政府の高官に贈賄をしたという事になると、脱税と追徴金との合計十五億は即日取り立てられる。あんたの会社はたちまち潰れるね。あんたはもう実業家としての生命は終りだ。その位の計算はおわかりでしょう。

私の方にはね、全部の資料がそろっているんですよ。発表するつもりならこれは、どこの新聞だって喜んで飛びついて来ますよ。……しかしね原本さん、私は何もそんな風に事を荒立てようとは思わないんだ。誰が得をする訳でもないからね。だからまあ、あんたは一つ、官房長官とも相談してみたらどうだね」

「それで、君の方の条件は？……」と原本氏はあきらめたような口調になった。

「いいえ、私は条件なんか何も考えておりませんよ。変なことを言うと脅喝罪になるからね。

私はただあんたに、ひとつ慎重に考えてみたらどうですか、と、そう言ってるんだ。え?……解ったでしょう。資料が見たかったらいつでもお眼にかけます。全部そろってるからね。……」

これは巧妙な脅喝手段だった。しかしこの程度の脅喝ならば、参吉は常習犯だった。彼の脅喝は暴力団の手も借りず、武器も用いない。彼の調査資料だけが強味だった。贈賄の金額は四、五千万にすぎないが、収賄者が現職の官房長官となると、事は大きい。何億円にも相当する事件である。しかし相手が東亜殖産の原本では、それほどは出せそうにもない。まあ二千万円かなと、参吉は思っていた。

電話を聞いた原本市太郎は、相手が札つきの石原参吉であるから、これは容易なことでは済まないと思った。しかしまた、相手が石原参吉だから告訴するようなことはしないとも思われた。告訴はしないが、新聞などに資料を売り込むということは有り得る。参吉の調べあげた資料は、そのまま事実だった。無事に逃れる方法はない。

彼は星野に会おうと考えた。しかし官房長官はなかなかつかまらなかった。党の役員会があり経済閣僚会議があり、外国使臣の来訪についての打合せ会があり、記者会見があり、次官会議があり、総理との打合せがあり、夜まで原本社長は長官と話ができなかった。

ようやく夜の九時を過ぎてから、いまから葉山の別荘へ行くという官房長官と連絡がつき、社長の乗った車を築地の料亭まで廻して長官を乗せ、そのまま第一京浜国道を走って行く車のなかで、今日の石原参吉からの電話の様子を、運転手に聞かれないようにひそひそと話して聞かせた。

星野はすこし酔っていた。たて続けに煙草をすいながら、渋い顔で黙って聞いていたが、

「まあ、それゃ君の方で、あいつに会ってみて、何とかするんだな」と冷たい言い方をした。「放っておいては拙いよ。一応何とか納得させて、資料を買い取るというような事でもするんだな」

「それで宜しいでしょうか。悪くすると長官の方まで御迷惑がかかりゃしないかと、私はそれを心配しているんですが……」

「うむ、解っています。石原はね、いずれいつかは始末をつけなくてはならんのだ。あいつは脱税をやってることも解ってる。脅喝もやってる。しかし直ぐには手がつけられない。時期が来たら逮捕するよ。その時にはあいつの調査資料というのも、証拠物件ということにして押収してしまえばいいんだ。だから、まあそれまでは、大げさな事にしないように、何とか柔らかく納まりをつけて置くんだな」

「わかりました。何とかやってみます。御心配をかけて済みません」と原本は言った。

彼は横浜ちかくで長官に別れを告げた。彼の車はそのまま長官を葉山まで送り、社長はタクシーを拾って自宅へ帰った。長官の行く先には去年までの原本の別荘があり、そこには彼の妾であった文菊がいまもいる筈だ。原本は変な気持だった。世間はこの事を誰も知らない。一番

知られたくない人物、石原参吉だけがひとり知っているのだった。

官僚主義の正体

八月一日の朝、財部総裁が会社に着くとすぐに、秘書が一束の郵便を持って来たが、それとは別に一枚の大型封筒を、

「こういう物が来ております」と言って差し出した。

封筒の裏には大きな字で、(堂島鉱業株式会社株主総会。堂島鉱業株式会社社長・宗像《むなかた》友久)と二行に印刷してある。中をあけて見ると、株主総会の決議により、堂島鉱山閉鎖による損害補償金を至急支払ってもらいたい。支払いが遅延する場合には法律手段に訴えるよりほかは無い。八月五日までに誠意ある回答を頂きたい……という主旨の、最後通牒《つうちょう》のような文書であった。

ああ、これも法律沙汰になるか、と総裁は思った。水力電気の建設事業はダムを築き水をためる仕事から始まる。したがって出来あがった人造湖については、必ず水没区域に対する損失補償の仕事がついてまわる。住民の立ち退きという事件は避けられない。それがこじれて来ると訴訟問題がおこる。財部総裁は年じゅう告訴される側だった。だからいま改めて堂島鉱業が

告訴を匂わせて来ても、別に驚きはしない。ただ、F—川の仕事がいくらか遅れるだろうという事は予想された。

堂島鉱業が作業をしていた堂島鉱山はF—川の流域の両岸にまたがって鉱区を持っており、銅、鉛、亜鉛の鉱石を掘っていた。一ヵ年の精鉱生産三万噸《トン》という、あまり大きくない会社である。この会社が電力建設会社を告訴しようと云うまでには複雑ないきさつが有った。事件が起ったのは五年まえからである。……

その頃堂島鉱山は事業拡張計画をすすめていたが、電力建設会社がF—川発電所計画を発表したので、鉱山は大さわぎになった。鉱山区域のほとんど全部が水没するような図面になっていた。

そこで先ず鉱山側は堰堤《えんてい》及び発電所建設反対運動をはじめた。

電力建設会社からは理事や水力建設部長が出かけて行って説明と説得にあたった。これは国家事業であり公益事業であり、三十万キロの電力をもって九州一帯の工業発展に寄与するものであるから、是非とも協力してもらいたい。必ず補償はするから、その点は安心してもらいたい。……という主旨であった。官庁や大会社が民間事業者と交渉する時は、みんなそういうやり方をするのだ。始めは処女の如くに柔らかく穏やかである。

鉱山側は株主総会をひらき、そこに電力建設側の理事の出席を求め、説明を聞き、閉山も已《や》むを得ないという結論に達した。それでもまだ念を押して、計画変更はあり得ないか、工事完成期日はいつになるのか等々、さんざん念を押したあげくに、国家のために鉱山を抛棄《ほうき》し、会社は事業転換をすることに決定した。

翌年春から一切の事業を中止し、山を抛棄した。そしてボーキサイトを輸入してアルミニウムを造る工場の準備をはじめた。ところが更に翌年になって、電力建設側は約束に反して計画変更を発表してしまった。それによると堂島鉱山の鉱区のうちの、五分ノ三は水没もしないし、水路用地からも外れていた。したがってその地区に対しては電建会社としては補償の責任はないと、理事のひとりがはっきり言ってしまった。ここから問題がおこった。

すでに堂島鉱山は閉鎖してから一年数カ月を経ている。坑道は荒れて、水びたしになっている。坑夫たちは退職手当をもらって離散してしまった。機械はすべて撤去され、建物も撤去または腐朽している。この鉱区を再開するには新しく山を開くほどの資金が必要である。しかも電建会社からはまだ一銭の補償も受けていない。

補償は一銭も支払わないままで、電建は着々と仕事をすすめている。水没地域から立ち退く家々には補償も出された。測量その他の調査もすすんでいる。堂島はあせっているのだ。補償の要求額は全鉱区を含めて五億四千万円となっていた。

財部総裁はこの陳情書類を読み終ると、秘書に言いつけて水力建設部長、用地部長、経理部長、それに建設担当の名和理事の四人を、自分の部屋に呼びあつめた。そして、

「こういう物が来ているよ」と言って、部厚い書類を丸テーブルの上に投げ出した。

四人は頭を寄せあつめて書類を読み、そして申しあわせたように声を立てないで笑った。こういう訴えについて、みんな馴れていた。これくらいのことは何とも思っていない。堂島側の怒る気持はすべて解っているのだ。自分たちが堂島側であったら、やはり腹を立てるに違いない。しかし電力建設側としては相手に同情などはしていられない。補償金は出来るかぎり出さない方針であり、どうしても出さざるを得ない時は極力その金額を押える方針であった。相手が怒ろうが損をしようが、そんな事は一々考えてはいられない。

電力建設は官庁ではないが、資本金の九十五パーセントまでは政府出資で、半官半民というよりは、九割まで官営の会社である。役員も大部分は官僚出身だった。したがってその仕事ぶりも事務経営のやり方も、全く官僚的であり、いまだに官尊民卑の気風が彼等のあいだに充満していた。

「これゃ何でもないですよ」と名和理事が言った。「たとえ告訴されたって、裁判は一年もそれ以上もかかりますからね。なるべく判決を遅らせるようにしていけば、その間にどんどん工事はすすめていけますからね。一審でこっちが負けたら、直ぐ控訴すればいいんですよ。そのうちにダムは出来てしまう」

そして四人が声をそろえて笑った。

「訴訟は心配ありませんが……」と建設部長は長い顎をさすりながら言った。「しかし堂島は、本当は困っているでしょうな。補償はもらえないし、企業転換で資金はほしいし、要するに潰されたようなもんですな」

「私は何遍も代表者に会っていますがね」と用地部長が言った。「ずいぶんたびたび陳情に来ましたよ。株主代表という人たちも一緒でした。要するに協力を要請されて已むを得ずに閉山したのだから、補償してくれと云うんです。ところがね総裁、こちらから協力を要請したという証拠は何も無いんですよ。つまり懇談会とか説明会とかでしゃべっただけですからね。証拠がないですよ。そこが向うの弱味でしてね。協力要請と云っても、どの程度の要請であったか。その程度によって補償額も違って来ますからね」

「すくなくとも水没しない鉱区については、考える必要はありませんね」と、経理部長は煙草をくわえたままで言った。「それを向うは全鉱区について補償しろと云うんですよ。だからいつまで経っても話しあいが付かないんです」

「そこが見解のわかれ目だな」総裁は番茶をすすりながら言った。

「まあね、こっちとしてはどこまでも、水没鉱区だけということで押しますが、実を言うと可哀そうな所もありますね。途中で計画変更しているでしょう。変更を発表した時には、もう閉山していたんですからね」

「建設部長は弱気だなあ。そんな弱気では五億円取られてしまうぞ。……用地部長は協力を要請した証拠はないと言ったが、あの頃はまだ筑豊電力と競願になっていたんで、どっちがやるとも本ぎまりではなかったんだ。本ぎまりになっていないのに、堂島鉱山はあわてて作業をやめてしまったんだよ。こっちが責任をとるのは本ぎまりになってから以後の問題だけでいいと僕は思うね」

経理部長の発言には、複雑ないきさつが有った。はじめ電力建設会社が九州F—川にダムを築く計画を立てて、工事認可願を通産省に提出したところが、ほとんど一カ月も置かないで地元の筑豊電力も、同じような計画を立てて工事認可を出願し、いわゆる競願のかたちになった。筑豊電力には地元出身の福山代議士や県会議員が付いており、電力会社から運動費を出させて、さかんに華やかな宣伝をおこない、地元の河川の利用は地元にまかせろと演説をして歩いた。この筑豊の計画図面によると、堂島鉱山の水没地区は全鉱区の五分ノ二くらいになっていた。電建の計画図では全鉱区が水没する予定であった。

地元には種々な流言が飛び、筑豊の計画はいんちきだとか、筑豊側の代議士は賄賂が目当てだとか、電建は補償金が安いとか、真偽いずれとも解らない話が口から口へと伝えられた。その競願の最中に、電力建設は堂島鉱業を説得し、強く協力を要請したのだった。堂島の方が、計画変更はないかとしきりに念を押したのは、そういう不安定な時期から受けた疑惑のためであった。

結局、通産省としては、筑豊電力にはF—川ダムを築造運営するだけの実力がないと判断して、工事認可は電建に下りたが、この競願の途中にも地元出身の福山代議士や県会議員やその他の間に、何程かの不正行為があったらしかった。大きな土木事業はほとんどすべてが、不正行為の上に成り立っていると言ってもいいくらいだった。しかしその不正行為の大部分は、まるで当然のことででもあるかのように、人々に噂されただけで、時のたつと共に消え去って行く。不正をやった者がみな得をしているのだ。

電力建設は工事認可を得たけれども、その認可には計画変更という条件が付いていた。それによって堂島鉱山のうちの水没する鉱区は五分ノ二と変り、ダムから発電所までの水路が前の計画より四キロも長くなった。水路が長ければ工事費はずっと高くなる。ところがこの水路建設だけは地元九州の請負業者二社に分割して請負わせようということが、暗黙のうちに諒解されていた。つまり地元請負業者からの賄賂を受け取った福山代議士が、ひそかに暗躍して、長い方の水路に設計変更をさせてしまったのだ。その分だけ電力建設は多額の工事費を支出することになる。要するにそれだけ国家のかねが濫費《らんぴ》される筈だった。

「まあこれは、黙ってもう少し様子を見た方がいいでしょう」と用地部長は言った。「正直に八月五日までに返事をすることはありませんよ。向うはいま企業転換の資金に困っている様子ですからね。そのうち半分でもいい、三分ノ一でもいいと言って来るでしょう。裁判に持ち込んだら二年三年かかりますからね。向うだって裁判はやりたくないにきまっています」

「しかし何かちょっと返事をして置いた方がいいな」と財部総裁は言った。「向うを怒らせては拙いから、検討中だからもう少し待てとか、鉱石の埋蔵量を測定しなくてはならないとか……」

「そうなんですよ」と建設部長が話を受けた。「堂島は自分勝手に埋蔵量をきめて、二十万噸あるんだから、これを補償しろと言うんですが、埋蔵量の計算なんて推定ですからね。それだって全部掘り出してかねになるという訳のものでもありませんよ。われわれの計算ではせいぜい四千噸ですな」

補償についての考え方、態度のなかに、彼等の官僚的な性格があますところなく出ていた。計画変更についての責任も、協力要請をしたことの責任も、みな頬かむりしようとしていた。巧みに民間業者の抗議をそらして、支出を抑えることが出来れば、それが彼等の手柄だった。

「しかしですなあ総裁……」と経理部長は言った。「堂島の方は補償が少々延びてもかまいませんが、それよりも残存部落の方を先にかたをつけなくてはいけませんね」

「うむ、私もそう思ってる。どのくらい有ったかね」

「ええと、地区が五つに分れていまして、八十五、六戸でした。この連中は二、三日前にも県庁へ押しかけたりして騒いでいます。またその連中に県会議員がくっついたりすると厄介ですからね」

「渡り鳥はどのくらいはいってるかね」

「いま解ってるところでは、ええと、百八十戸ぐらい……」

「そんなにはいってるか」と呟いて、総裁は舌打ちした。

F—川ダムが建設され、人造湖がそこに出来あがると、水没する戸数が三百六十三戸となっていた。これについては土地家屋の補償と立ち退きの費用が次々と支給されている。ところがダム建設がきまると、どこからかやって来てわざわざ水没地域にバラックを建て、住み着く者がある。いうまでもなく立ち退き補償金が目当てであり、彼等は徒党を組んだ常習者である。それがもう百八十戸のバラックを建ててしまったのだ。結局はこの連中にもいくらか出してやらなくてはならない。政府の息のかかった電力建設という大会社も、通称渡り鳥といわれるこの連中を、警察力で以て叩き出すというような手荒なことは出来なかった。堂島鉱業には強気の電建幹部も、渡り鳥の連中には意外に弱かった。

水没地区に接近して、幾つかの部落の家が湖水の岸に取り残されるものがある。水没はしないが農地を失ったり、交通路を失ったりすることが少なくない。これを残存部落と言っていた。F—川ダムでは湖水の岸の五カ所に分れて、八十五戸ばかりが取り残され、このままでは生きて行かれないから転住させてもらいたいと言って、騒いでいるのだった。五月の末に総裁が九州へ出張したのも、その騒ぎをかたづける為だった。

しかし問題はまだかたづいていない。水利権を持っている県庁側が、いまでは残存部落の方の味方について、この八十五戸に対する補償を出さない限り、電力建設会社に水利権を許可しないと言いはじめたらしい。水利権の許可がなければ工事は一切着手できない。これは電建側に勝ち目のない闘いであった。あとは補償金額の話しあいをつける仕事である。県庁側は一億五千万円を要求しており、電建側は何とか一億以内でかたをつけようという方針であった。

「しかし私はね、何も弱気になる訳ではありませんが……」と建設部長が言った。「この堂島鉱業というのは正直ですね。埋蔵量だって二十万噸と限らなくても、百万噸と言ってもいいんですよ。埋蔵量なんて解りやしないんだから。……したがって補償金額も五億四千万と限らなくても、十億よこせと吹っかけてもいいんですよ。地元の代議士だとか政府の大臣次官とかいう人を頼んで、そっちの方から顔を利かして来れば、われわれはやっぱり負けますからね。それを堂島は何もやっておらんでしょう。社長と株主だけですからね。正直ですよ」

「正直な者は負けるね」と用地部長は言った。

　それでみんな一度に笑った。

「そうですよ。正直者は負けますよ。こういう堂島みたいな所は、気の毒だけどこっちとしては、扱い良いですね。一番困るのはたちの悪い政治家がうしろに着いているやつですよ」

「神谷直吉みたいな、ね」と経理部長が言った。それでまた、みんな声をそろえて笑った。

「神谷か。あれは札つきだ」

「あれは民政党だけど、民政党がもてあましているらしいじゃないか」

　終りは雑談になった。正午にちかかったので、何の結論もなしに、みんな席を立った。結局堂島鉱業が提出した、ほとんど最後通牒にも似た補償要求は、電力建設会社の幹部役員たちによって、一顧も与えられはしなかった。ただ相手を怒らせないように、(検討中……)というような文書が発送される。それだけのことだった。

それが、官僚または官僚的な人たちのやり方だった。堂島鉱業の苦境はわかっている。わかってはいるが、誰ひとり責任を取ろうとはしなかった。民衆の苦境に同情するよりは、官庁や自分たちの立場を良くする方が先だった。電力建設会社は九十五パーセントまで官庁的だった。官僚は民衆を信じていない。民衆とは、何か事あるごとに、あれこれと理由をつけて、官庁からかねを取ろうとする悪人の群れだと思っていた。たとえば水没地区にわざわざ住み付いてしまう渡り鳥のような連中である。官僚の特色は警戒心だった。民衆にだまされてはならないという猜疑心《さいぎしん》だった。同時にそれが保身の術《すべ》でもあった。

民衆は民衆で、官僚を信じていない。官僚というやつはすべて嘘つきで無責任で、責任のなすりあいをして、責任者が転々と変ってしまうので、つかまえどころの無い化けものだと思っていた。長いものには巻かれろという諺がある。昔はその長いものは殿様だった。いまは官僚である。官僚相手の交渉では、ほとんどすべて民衆の泣き寝入りに終る。官僚に勝てるのは、渡り鳥のような無法者だけだった。正直者はみな、(気の毒だけど、こっちとしては扱い良い)としか思われていないのだった。

F——川の電源開発という大事業は、そのような官僚不信と民衆不信という、大きな喰い違いの上に立って、推進されようとしていた。揉めごとが起るのは当然であった。そしてすべての揉めごとは、根本的な相互不信を解決すること無しに、その場その場で、要するに補償金額の交渉という、一番低俗なところで解決をつけていくのだった。解決のあとには、両者の心の底に、さらに大きな相互不信の気持が残っているに違いない。それはいまのところ、どうしようもない現代の谷間だった。

首相夫人の名刺

現地説明の会は財部総裁の予定よりも半月以上おくれて、八月の四日と五日の両日、九州F—川のダム建設予定地でおこなわれた。総裁は三日の午後の飛行機で福岡まで飛び、その夜は料亭に土建業者側を招待して宴会をひらいた。

しかし思ったよりも参加者はすくなかった。竹田建設六名、青山組四名、高田建設三名、深川組と大岡建設からは僅か二名しか来ていなかった。総裁はそれが不満だった。彼は同行の水力建設部長にむかって、

「なんだか少ないね。どういう訳だろう」と言った。

「はあ。しかしこの暑さですからね」と建設部長は返事にならないような返事をしていた。

彼自身は知っていた。業者のあいだで、この建設事業に熱意をもっているのは、竹田建設と青山組とだけであった。その他の三社はもうあきらめていた。

「F—川は竹田だよ。とっくにきまっているらしい。ばたばたしたって始まらないね」

彼等はそういう蔭口をきいていた。竹田建設と財部総裁と通産大臣とをめぐる政治献金の噂は、どこからか業界に洩れていた。業界では知らない者はなかった。青山組からは金丸常務が来ていたが、彼自身もあまり望みは持っていないようであった。

翌日、車で現地を見に行った時には、高田建設や深川組の人たちは、水力建設部長の説明を聞く気もなく、テントの中の椅子に坐って冷たい飲みものを飲み、煙草をすっているような有様だった。二日目になると深川組の二人は、東京に急用が出来たという口実でさっさと引き揚げて行った。

現地説明の会はまるで竹田建設のための説明会になってしまったようであった。その事は財部総裁にとって不愉快だった。彼はまだ竹田に仕事をさせまいとして抵抗していたが、彼の意志にかかわりなく、周囲の形勢は次第に竹田に有利に動いているようであった。そういう(外部の流れ)が、いつの間にか事を決定する大きな力になって行く。総裁自身、もはや自分の力では抵抗しきれないようなものを感じていた。

帰京した翌々日、昼食のあとで中年の秘書が総裁室の扉をたたいた。

「総裁にお電話です」と言う。

「ああ、誰だ」

「内閣官房長官の秘書官からですが……」

総裁はいやな気がした。電力建設会社の仕事は通産大臣の管轄だ。官房長官からじかに命令を受ける筋はない。

「何だと云うんだ」

「はあ。何ですか、長官からの御用向きを伝えるために、午後二時ごろに秘書室の人をそちらに差し向けたいが、総裁は在社なさるかどうか、それを聞いてくれ、と云うことでした」

「いないと言ってくれ」と財部は苦い顔をして強い言い方をした。しかし秘書が部屋を出て行こうとするのを、もう一度呼び止めた。

「ちょっと待て。……断わっては拙いかな。……お待ちしているからどうぞと、言って置きたまえ」

彼は気持の張りが崩れそうだった。それは現地説明の日からずっと続いている彼の憂鬱だった。長いものには巻かれろと云う。その長いものが、日を追ってますます長くなって来るようだった。その長いものと、どこまで闘えるか。自信が無くなっていた。彼は孤立無援だった。青山組にはいろいろな義理がある。しかしその義理も、もうこれ以上は背負いきれないような気持になっていた。大臣と次官と官房長官の希望にしたがって、来たるべき入札のときに巧みなからくりを使いさえすれば、竹田建設も喜び大臣も喜ぶだろう。そして彼自身はもう一期、総裁の地位を保つことが出来る筈だった。そのことにも大きな未練があった。

二時を五分すぎたとき、長官の使いという男が秘書に案内されてはいって来た。三十五、六歳の、やや小柄な、おとなしそうな男で、この暑いのに黒の背広をきちんと着て蝶ネクタイを結んでいた。彼がさし出した名刺には（内閣秘書官・西尾貞一郎）とあった。

応接用の丸テーブルを間にして、二人は対坐した。やって来た使者がこんな若い男であったので、総裁はいくらか気持にゆとりを持っていたが、また反面、こんな若い頼りなげな男が、長官の命令という強力なものを背景に持っているということが、不快だった。

彼は客に煙草をすすめたが、西尾はことわった。固くなっているようだった。総裁は自分で煙草に火をつけて、

「何ですか、星野長官から私への御用向きと云いますと、やはり電力関係のことでしょうかね。……しかし電力関係ならば通産大臣もおられることですし、どういう事ですかな」と、わざとくつろいだ言い方をした。

西尾は内ポケットから白い封筒をとり出し、封筒の中から便箋を抜き出して、すこし切り口上になって言った。

「本当は官房長官は、直接に総裁にお会いして、懇談をしたいという御気持もお有りだったのですが、何分にも多忙なものですから、私から口頭で、次のようなことをお伝えして来いという、御命令でございました。……」

「なるほど。それで、御用件は？」

「長官が申されますには、いろいろ機密を要する事情がありますので、詳細の御説明は出来兼ねるのでありますが、現在電力建設会社において計画進行中の九州Ｆ—川の電源開発事業は、

その工事を是非とも竹田建設株式会社に請負わせるよう、何分の御配慮をお願い申したい。その為には種々の困難もあることと推察できるのであるけれども、万難を排して御協力下さるよう、特に要請する。なおこの件に関しては、大川通産大臣も万事御承知であることを付け加えて置きます。……長官からの御伝言は以上であります」

総裁は黙っていた。すぐには返事をする気になれなかった。事情はみんな解っている。長官はこの不正入札を、何が何でも総裁にやらせようとしているのだった。つまり官房長官と通産大臣と電力建設会社総裁と竹田建設と、四者共謀の大汚職事件を、(やれ……)と云う命令だった。

見ていると西尾秘書官は、用件を記した便箋をていねいに四つ折りにして封筒におさめ、それを内ポケットに入れた。口頭で用向きは伝えたが、財部総裁の手もとに証拠の紙片を残さないように、要心しているのかと思われた。

総裁にしてみれば、予想した通りの用向きであった。新しい事は何もない。しかしいま改めて官房長官からの意嚮が伝えられると、いよいよ自分としては抵抗し得ない所まで追い込まれたという気持だった。あとは二つの道のどちらを選ぶか、である。竹田建設に落札させる方法をとって、総裁の地位にもう四年間居すわるか。それとも青山組に義理を立てて引退を覚悟するか。……

封筒を内ポケットに収めた西尾秘書官は、今度は別のポケットから紙入れをとり出し、その

中から小さな白い封筒をつまみ出した。それを総裁の前に押しやりながら、

「それから、これを総裁にお渡しするようにとのことでした」と言った。

財部が受け取ってみると、中に名刺が一枚はいっていた。他人に花束を贈るときに、花に添える名刺のように、小型の封筒におさめた名刺だった。引き出して見るとペンの文字で、

(竹田建設のこと、私からも宜しくお願い申し上げます) と書いてあり、印刷した名前は、

(寺田峯子《みねこ》) とあった。

それを見ると総裁はかっと頭に血がのぼって来るような気がした。寺田峯子とは、寺田総理大臣の夫人である。あの出しゃ張り女がこんな所まで口を出して来たかと思うと、財部はむらむらと腹が立った。通産大臣の信任を受けて電力建設会社の総裁となったからには、会社の業務に関するかぎりは何人《なんぴと》の容喙《ようかい》をも許すべき筋合いは無いのだ。F—川電源開発は財部総裁の責任において建設される。その工事をどこの何組にやらせようが、外部から口を出される理由はどこにも無いのだ。官房長官といえども発言権はない。いわんや総理夫人などという局外者が、どんな権限をもって総裁に命令するというのか。……

名刺には (宜しくお願い申し上げます) と書いてあったが、財部の感情では、これを命令と受け取っていた。それだけ総理夫人という立場は強力であった。この女に官職もなにも有るわけではないが、寺田総理と結婚している女であるが故に、世間は彼女の発言に譲歩する。その譲歩を計算に入れて、こういう名刺をよこしたに違いないのだ。それが財部にとっては腹に据

えかねる気持だった。

「この名刺は……」と彼は曇った声で言った。「総理の夫人ですね。あなたは総理の夫人からじかにあずかって来られたのですか」

「いいえ、違います」

「では星野官房長官があなたにお渡しになった……?」

「はあ。そうです」

「長官は、何か言われましたか」

「いいえ。ただ、これを総裁にお渡ししろというお話でした」

「変なことをお訊きしますが、総理夫人はたびたび、こういう事をなさいますか」

「よくは知りませんが、ときどき御自分の名刺を持って行かせるということは、あるようです」

「なるほど。……これまでに、どんな事で名刺をお出しになっていますか」

「私はあまり知りませんが、一度たしか、防衛庁長官あてに名刺をお出しになりました。それは軍需物資の納入について、宜しく頼むというような主旨でした。総理の御郷里の商社の人から頼まれて、名刺をお書きになったんだと思います」

「軍需物資というのは、何ですか」

「衣料関係だろうと思います」

財部はゆっくり何度もうなずいた。日本の自衛隊は常備二十六、七万人に達する。そのための衣料品は厖大な量になる筈だ。それを納入する商社にとっては非常に大きな利権であるのに違いない。その利権は必ずや、政治献金と結びついている筈である。夫人の書いた一枚の名刺は、防衛庁長官といえども無視するわけに行かない。従って紹介をもらった商社からは何千万、あるいは何億という献金が、……献金という名前の賄賂が、寺田総理に贈られたことと思われる。それが総理大臣夫人の(内助の功)であったのだ。

西尾秘書官は一杯の茶にも手をつけずに、立ちあがった。総裁は彼を廊下に出る扉まで丁重に見送ってから、自室に帰った。それから総理大臣夫人の名刺を紙入れの中にしまった。これは後日のための、証拠の品だった。

(この出しゃばり女が……)と彼は思っていた。

多分、星野長官は自分の思いつきで、総理夫人寺田峯子に会って事情を訴え、(おそれ入りますが、またひとつ、名刺を書いて下さいませんか……)と頼んだことであろう。それが四億乃至五億の政治献金とむすびついていると聞かされて、夫人は良人《おっと》の急場を助けるために、いつものように名刺を書いたに違いない。

星野というのはそういう男なのだ。利用し得るものは何でも利用する。総理夫人といえども利用する。四億の献金を竹田建設から取ることが出来れば、それは星野の手柄になる筈だった。総理自身から財部総裁に、(竹田を宜しく頼む)とは言えない。それは総理としてはあまりに恥知らずな行為になる。そこで総理夫人という無官無職の無責任な女に、利用価値が出てくるのだった。

財部は腕椅子のなかに深く沈みこんで、ひとり静かに煙草をくゆらしていた。事がここまで進んで来ては、もはや猶予はできまい。いよいよ結論を出さなくてはならない。もしかしたら竹田の朝倉専務は、寺田峯子まで手を伸ばしているかも知れないのだ。

彼は孤立していた。民政党の長老小泉英造にたのんで一応の口添えはしてもらったけれども、小泉自身は総裁の留任ということに、何の利害関係もない。利害関係のない仕事には、政治家は冷淡なものだ。それは財部自身がよく知っている。従って小泉の口添えによって、大きな変化が起ることは期待できなかった。

しかし彼は寺田峯子の小さな名刺一枚に、自分が動かされるということに、我慢ならない気持だった。いやしくも電建総裁ともあろうものが、筋道も何もないのに総理夫人などに曳《ひ》きまわされ、節を屈したとあっては、男がすたると思っていた。できることならばこの名刺を総理夫人に突っ返してやりたい。けれどもその時は、同時に彼が通産大臣あてに辞表を提出する時でもあった。

腹を立ててはみたが、財部は青年ではない。六十幾年の人生を経験して来た男だった。抵抗できないものに抵抗するのはばかにきまっている。総理夫人の名刺を一つのきっかけとして、ここで節を屈してみたらどうなるだろうか。通産大臣のところへ出かけて行って、

（私はどうも、今日まで大臣に楯ついて来たような具合で、申し訳ありませんでした。御覧の通り、総理夫人からもこういう申し入れを頂いて、恐縮しました。大臣のおっしゃる通りに致します……）と言ってみたら、どうなるだろうか。

大臣は喜んで財部に留任をもとめ、それからみんな共謀《ぐる》になって、人民の全く知らないところで、大きな汚職を、無事にやってのけるという順序になる。……しかしふかい義理のある青山組をどうするか。

そのとき財部総裁の頭に新しい考えがうかんだ。この寺田峯子の名刺を逆に利用するのだ。青山組の社長青山達之助に会って名刺を示し、

（こういう事になってしまった。私はこれまで何とかして工事を青山に廻そうとして骨を折ってみたが、これ以上はどうにもならない。どうか諒解してもらいたい。……）と言えば、青山社長といえどもそれ以上強い要求を持ち出すことは出来ないのではなかろうか。

青山が引っこんでくれさえすれば、総裁はもう何の心配もなく、官房長官と通産大臣とに（寝返り）を打って、工事を竹田建設にまわしてやれる。それと同時にもう一期四年間、この総裁の椅子に坐っていられるのだ。それが巧く行けば、寺田峯子の名刺一枚を手がかりに、（禍いを転じて福となす）ことが出来るかも知れない。

彼は直ぐに青山組に電話をかけさせ、社長を呼び出した。

「ああ、青山君。財部です。実はね、君に至急会いたいのだが、今日はどうかね」

「いま重役会で、抜けられませんがね」と、若い社長は歯切れの良い返事だった。

「夜は……？」

「夜は二組ほど客を招待してるんです」

「うむ。すると今日は駄目かね」

「何ですか御用は……」

「いや、F―川の件だがね。どうも形勢が悪いんだ。それでね……」

「はあ。新しく何かあったんですか」

「うむ、それがどうも、困った事なんだ。さっき官房長官が秘書官を使いによこして、とにかく万難を排して竹田建設にやらせるように、協力してくれという伝言があったんですよ」

「ふむ。とうとう星野が出て来ましたか」

「しかもそれだけではないんだよ。秘書官は寺田総理の夫人の名刺を持って来た。それにも竹田建設をよろしく頼むと書いてあるんですよ。どうもこれは困りましたね」

「もしもし、何ですか総裁。それは寺田総理の夫人ですか。夫人の名刺ですか」

「そうなんだ。これはいつでもお目にかけてもいいが……」

「そりゃおかしいですな、総裁。え？……夫人でしょう。総理の夫人でしょう。夫人が何の関係があるんですか。夫人が口を出すような筋合いとは違いますよ。そんな名刺が何の役に立つんです。……ねえ総裁、そんな名刺一枚で腰がぐらついたりしないで下さいよ。いまうちで重役会をやっているのもそれなんですよ。何が何でもあの工事を青山で取ろうという訳で、そのための研究をしているところなんです。だいたい総理の女房が名刺を持たしてよこすなんて、生意気じゃないですか。私はあとへ引きませんよ。絶対に引きませんよ。そのつもりで総裁もひとつ、腹を据えてお願いします。いいですか。本当に良いですか?」

困ったな、と財部は思った。名刺を逆に利用しようという計画は、むしろ逆効果になった。青山達之助は二代目社長で、まだ四十かそこいらだった。六十にもなる社長なら、あんな言い方はしない。気の強い社長だった。その気の強さは、先代社長の業績に敗けまいとする彼の頑張りだった。

青山は頑張ることも出来る。しかし財部総裁はもう頑張る余地がなくなっていた。四面楚歌《そか》。まわりは全部敵だった。青山組に義理を立てることは、即ちこの敵のなかで斬り死することであった。彼ひとりを追いつめて置いて、電力開発事業に関する大汚職事件は極秘のうちに着々と準備がすすめられているのだった。……

退職勧告

赤坂の料亭春友の下足番の小坂老人は、この夜の来客のメモを全部持っていた。明日はこのメモが芸者萩乃に報告され、やがて石原参吉の調査資料に加えられる筈だった。

六時半に竹田建設の朝倉専務がひとりで来た。それから少し遅れて来た（お連れさん）は、大川通産大臣だった。

冷房した奥の座敷で、二人きりの密談は三十分ばかり続いた。

「青山はとにかく本気ですよ。重役会をひらいて、何が何でも工事は竹田には渡さんと言っておるそうです。重役のなかに瀬川というのがいまして、それが私に通報してくれました」

「ほう。青山組の重役にスパイを入れてあるのか」

「その位のことはお互いさまです。うちの重役にだっているかも知れません。……そんな事はいいんですが、九月一日入札を行うという通告が来ているんですよ。それが問題です。財部総裁はどこまでもやる気らしいですな」

「財部はね……」と大臣は冷たいビールのコップを置いて言った。「党の顧問の小泉さんに頼んで、留任運動をはじめたよ。けしからんやつだ」

「ほほう。そうですか。小泉さんをねえ。……そりゃ困りましたね」

「いや、困りゃしない。小泉さんは長老には違いないが、長老なんていうものは実力は無いんだよ。私は自分の方針にしたがってやるだけだ」

「そりゃそうですね。長老よりは現在の総理の方が強力ですからね。しかし、九月一日の入札をどうしますか。電力建設会社としては近いうちに工事費の基礎的な計算を始めるだろうと思うんです」

「そうか。入札はやめさせなくてはならんな」

「どうやってやめさせますか。総裁はもう大臣の言うことを聞かないつもりじゃないですか」

と、朝倉は大臣の感情にわざと火をつけるような言い方をした。

「方法はあるさ。何かしかるべき法律を適用したっていいんだ」

「……と云いますと？」

「電源開発促進法の中に適当な条文があっただろう。理由は何とでもつけられる」

「それはしかし大臣、おだやかでありませんな。財部さんに恨まれます。事を荒立てることになりますよ。総裁もあれで骨は硬いですからね。腹を立てて新聞記者なんかにしゃべったりしたら、大変なことになります」

「そんなばかではないだろう」

「いや、危ないです。恨みを買うことは極力避けた方がいいです。どうせ、世間のうわさになるでしょう。新聞記者がその理由を聞きに行ったりしたら、やっぱり危ないですよ」

「それじゃ、どうする」

「かねで話がつけば一番おだやかなんですよ。かねというものは、向うもとにかく納得するんですからね。恨みが残らないし、それに秘密が保てる。……やっぱりかねですなあ」と朝倉専務は言った。

停職処分では恨みが残る。一方が他方を力でねじ伏せた結果になる。かねで話をつければ、相手も納得したことになる。のみならず、両者が共謀してこの秘密を守ろうとする。かねは敵と味方とを共犯者にして結びつける。あと腐れが無いのだ。それが老獪といわれる朝倉専務の処世哲学だった。

「かねを、どこから出す？……君の方で出すのか」

「出しますよ。五千万ぐらいでどうです」

「それで話がつけば結構だ」と大臣は言った。「しかし、やってみなくては解るまい」

「大丈夫だと思います。要するに総裁が青山の味方についてくれなければいいんですからね」

「辞表を出させるような方法は無いかね」と大臣は言った。「やめてくれれば一番いいんだ」

「そうですな。……それも考えてみましょう」

朝倉は皺《しわ》の多いしなびた顔に、複雑な笑いをうかべた。彼には何か腹案があったのだ。問題は財部総裁ひとりだけだった。たった一人の抵抗のために、彼等の計画はもう二カ月以上も停《てい》頓《とん》しているのだった。

朝倉専務がこの同じ料亭春友の、同じ座敷で財部総裁に会ったのは、それから四日目の夜だった。この夜も二人きりだった。床の壺に生けた白い山百合《やまゆり》が強く匂っていた。二、三の料理とビールとを二人の前にとりそろえてから、女中は席をはずしていた。障子にはまだ空の夕焼けがほの赤く映えていた。

「いよいよ、何ですな……」と朝倉は静かな微笑をうかべて言った。「F—川の問題も大詰ですな。私の方でも専門の技術者をあつめて、工法の研究や資材の計算をはじめております」

「そうかね。それは結構だ」

「しかし、どうですかね総裁。……今夜はひとつ最後的に、本当に腹を打ち割ってのお話を申したいと私は思っておりますが、正直なところ総裁も困っておいででしょう」

「いいえ。私は何も困ってはいないよ」と財部は言った。

その固い態度を無視して、専務はさらに続けた。

「大臣からは註文をつけられるし、そのうえ官房長官まで口を出すという訳で、御不快だろうとお察しはしているんです。もちろんそれには、御承知のように政治的な問題がからんでいますから、大臣の方も引くわけにはいきません。大臣を引っこめる訳に行かないとすれば、立場の弱い方が譲歩しない限り、これは大喧嘩になります。……そうじゃありませんか」

「私に引っこめと言うのかね」

「総裁の立場はね、私も大体わかっているつもりです。大臣も最初は、総裁の留任を考えていたらしいですが、今ではお考えも変って来たでしょう。長いものには巻かれろと申しますが、へたに巻かれるか上手に巻かれるか。巻かれ方が問題です。上手に巻かれて、巻かれながら得をするという方法だって、有ると思うんですよ」

「何のはなしだね。私はよく解らんが……」

「総裁はたしか、九月末の任期一杯で勇退なさるおつもりだと聞いていますが、だからその前にF—川の工事については請負業者を決定してしまおうというお考え……ですな。もっと正直に、あけすけに申しますと、その入札の時には青山達之助に義理を立てて、青山組に工事をやらせてやりたい。それをきめてやらんことには財部総裁の男がすたる、というような事情もお有りだろうと思っています。私は総裁からそこまで信用された青山組がうらやましいですよ。

しかしですな。さっきも申しましたようにこれには政治問題がからんでいます。竹田はもうけ仕事でF—川をやろうと申しているんじゃありません。政治献金の見返りだけですよ。だからこそ大臣も官房長官も心配して下さる。

それがですな、総裁と青山との義理……もちろん義理も大切ですが、個人的な義理だけでもって、この話が全部駄目になったとあっては、これはやはり問題になります」

「君は政治問題だと云うが、私はそんな政治問題とは何の関係もないよ。第一、その政治問題というのは、聞くところによると総理をとり巻く一つの不正事件じゃないかね。私はそんな不正事件の片棒をかつぐようなことは、御免こうむりたいね」

「おっしゃる通りです。しかし、そう言ってしまっては身も蓋もありません。不正事件は政界にも財界にも、至るところにございます。土建業界はいつも不正事件すれすれのところで仕事をしているようなものです。総裁にしたところで、まあ、お怒りにならないで下さいよ。総裁と青山組との義理というものだって、突っついて行けば一種の不正事件みたいなものじゃないでしょうか。誰だって、叩けばほこりが出ます。……ですからね、今度のことはあまり不正呼ばわりしないで頂きたいんですよ」

朝倉は顔を皺だらけにして静かに笑った。悪さにかけては、財部総裁よりは役者が上だった。手をのばして財部のコップにビールを注ぎ、

「私の結論を申しますが……」と言った。「結論と云いますか、つまり私の方の希望を率直に申しますと、要するに総裁は青山との義理を重んじて、現職におられる間に入札までやってしまおうと考えておいでになる。……そうですな？

現地説明の会も終ったわけですから、入札はいつまでも延ばして置くわけには参りません。九月一日は少々早い気がしますが、延ばしてみたところで一週間か十日です。しかしそれでは何もかもぶち壊しですよ。もうけるのは青山だけです。いっそ、ここで総裁が、義理を捨てておしまいになったら、……どうなります？」

「そんな事は出来ません。私は予定通りにやります」

「いや、もう一度お考えになって下さい。総裁は現職におられるからこそ青山に義理がある。……そうじゃありませんか。現職をはなれてしまったら、もう義理はございません。現職におられるうちに入札をすませようとなさるから、青山を立ててやらなくてはならない。しかし現職をしりぞかれた後の入札ならば、総裁が義理をお考えになる筋あいはございません」

「どうしろと言うんだね。私にやめろと言うのかね」

「あつかましいようですが、ひとつお考え願いたいんです。これは総裁のおためにも、決して悪い結果にはならないと私は信じております。……私の方から、充分にお礼はいたします。名目は何でも宜しい。永年お世話になったから、総裁の御勇退にあたって餞別をさし上げた、というようなことでも宜しいでしょう。まだ社長と相談はしておりませんが、私の一存で、五千万、と思っております」

「そんな話は聞きたくないね」

「それで八方円満に治まりがつきます」

「君の眼から見て、私はそういう男に見えるかね。何億積まれても私は嫌だよ」

「待って下さい。総裁の清潔なお気持はわかります。解った上で私は申しているんです」と、朝倉はいままで見せたことの無いほど鋭い語調で言った。「……私だって、不正を承知でやっているんです。義理も結構、清潔も結構です。しかし今はそんな話じゃない。寺田内閣を無事に続けさせる為には、その位の不正は何でもないでしょう。政治というものは、表面の政治と裏面の政治がありますね。今は裏面の政治のはなしをしているんですよ。感情的に反対されたのでは困ります。あなたがここで自発的に勇退して下されば、あとは何も問題はないんです。だからあなたには充分なお礼は申し上げると云うんです。もしもこれで、大臣が腹を立てて、総裁に引退を要求するということになったら、穏やかには済みません。口実は何とでも付くんですからね」

「ふむ、大臣はそんな事を考えているのかね。大臣は何かそんなことを君に言ったのかね」

「いいえ、そこまでは知りません。しかし相当に立腹しておられるのは事実です。あの人は気が短いですからね」

「君は大臣に、いつ会ったんだ」

「まあ、そんな事はどうでも宜しい……」

「どうでもよくはない。正直に言いたまえ。大臣は何か私の事について、君にはっきり約束でもしたんじゃないのか」

「私の口からは言えません。しかしお察し願いたいと思います。とにかくこの話は総理大臣を助けようという事から起っているんですよ。みんなでそれを考えているんですよ。それを邪魔しているのは総裁ひとりなんだ。あなたは堅いお人だからそんなことは承知できないとおっしゃる。それならば、(俺はそんな仲間にはいりたくない)ということで、静かに身を引いて頂きたいんだ。え?……それならばあなただって、身の明しがお立ちになるでしょう。不正な仲間に入りたくないから、辞職したんだということならば、誰に聞かれたって立派じゃありませんか」

「もう、その話はやめよう」と財部は言った。「君の話は解った。今夜は、もう、これ以上聞きたくないよ」

「そうですか。どうも失礼しました。どうかひとつ、今の事は考えて置いて下さい。近いうちにまた御連絡申します」
朝倉はすっぱりと話を打ち切って、柱の下にとり付けてある呼鈴を押した。彼は最後の切札を出して見せたのだった。相手の気持がどちらに動いたか。そこまではまだ解らない。しかし朝倉は成功を信じていた。そして、この次に会う機会があったら、五千万を七千万に上げてもいいと考えていた。

帰りの車の中で、財部総裁は黙って眼を閉じていた。自分の生涯はいま最後の峠を越えようとしているのだと思われた。つとめ人の勤めというものには限界がある。それは初めから解っていたことだった。自分はいまその限界に突きあたったという気持だった。

前後四十年にわたる永い勤め人暮しだった。つとめとは、一つの組織のなかの一つの細胞になることだった。つとめ人は個人的な自由を大幅に制限されている。上役の圧力と組織機構の圧力。その圧力のなかで自分の場所を守りながら、次第に昇進して行くということだけでも、容易なものではなかった。地位が上れば上るほど、職場から受ける圧力は減少するが、それと同時に外の社会から受ける重圧が加わって来る。

電力建設会社総裁は、自分の会社の中ではどんな事でもやれる。反対派の重役が何人居ようと、そんなものには負けはしない。

しかし総裁という頂上の立場は、政界実業界のすべての嵐に吹きさらされている立場だった。

ないのだ。

土建業界の抵抗には負けはしない。竹田建設がどんな策謀を用いようと、そんなものには負けないだけの図太さを持っていた。けれども監督官庁の大臣には抵抗する方法がないのだ。相手がどんな筋道の通らない要求を押しつけて来ても、闘う術は持たない。抵抗することはすなわち、彼自身が職場を捨てることだった。

大臣の実力を背景にして、今夜、朝倉専務が財部に退職を強要するような談判を持ち出して来たことが、財部にとっては腹に据えかねた。相手は日本でも有数な大手業者ではあるけれども、たかが民間の一業者にすぎない。総裁は竹田建設ごとき者から退職を迫られる理由は毛頭ないのだ。

それを面と向って、五千万円という金額の重味を誇示して、彼に退職をもとめて来たということが、歯ぎしりするほど腹立たしく思われた。元はと言えばこの五月の民政党総裁選挙である。寺田総理が買収のためにかねをばらまいた、その後始末が、何の関係もない筈の財部総裁の身にふりかかって来ているのだった。寺田総理にも腹が立つ。星野官房長官にも腹が立つ。その後始末の下請けをしている大川通産大臣に至っては、こちらから喧嘩を吹っかけてやりたい程の気持だった。

この醜悪な事実、人民の眼からは全く掩《おお》いかくされている暗黒の事実を、世間に暴露したらどうなるだろうか。……財部はそういう誘惑を感じていた。彼自身、その職域の垢にまみれて、不正あるいは不正に近いような事を幾つもやって来た人間ではあったが、他人の不正に巻きこまれて、不当な圧迫を被る立場に立たされると、一種の正義感のようなものがむらむらと湧《わ》きあがって来るのだった。

とは言うものの、彼もすでに六十を幾つも過ぎた分別ある男だった。この不正の事実を世間に暴露して痛快な気持になるというような、青年らしい軽率なことは出来る筈もなかった。何とか穏やかな方法でこの急場を凌《しの》ぐことを、思案しなくてはならないのだ。

ところが中一日おいて、会社の総裁室に政治新聞の古垣常太郎が訪ねて来たときから、総裁の気持は平衡を失ったようだった。古垣は客用の煙草に無遠慮に手を出しながら、

「総裁、何だか様子がおかしいようですな」と言った。「何かあったんですか。総裁は留任ではなくて、九月の末で勇退だと土建業界は言っていますね。大臣との間がうまく行かないというような事でもあるんですか。僕は大臣をつかまえて直接に聞いてみたんですが、言葉を濁して、はっきりしないですよ。僕の知る限りに於ては、総裁には別に落度も何もなかったと思うんですが、何だかおかしいな。F——川の問題がからんでいるらしいというところまでは解っていますが、そんな事は総裁の進退を決するような事件じゃないでしょう。……どうですか、ひとつ本当のところを僕にしゃべってくれませんか」

まる二日かかって自分の気持を抑えて来たのであったが、古垣のそそのかすような質問を聞いているうちに、財部総裁の怒りは一昨夜と同じくらいに燃えあがって来た。自分を抑える方の努力が、限界に来ていたのかも知れなかった。

「きみ、今夜、時間があるか。……」と総裁は声を低くして言った。「君に話したいことがあるんだ。半蔵門のちかくに末広という旅館がある。私はそこへ行っているから、六時に来てくれ。君ひとりでな。……いまは、直ぐ帰ってくれたまえ」

古垣はすぐに立って、黙って帰って行った。だが、総裁はもしかしたら、彼の憤りを告白するために、最も不適当な相手を選んでしまったのかも知れなかった。……

大臣の三段論法

半蔵門の末広旅館は財部総裁からの電話を受けて、二人分の酒食をととのえ、奥の部屋に冷房を入れて待っていた。軒のすだれに夕陽の赤みが残っており、小庭の笹竹に風が動いていた。古垣常太郎は総裁とほとんど同時にこの宿についた。

ここへ来て、古垣と二人きりになると、財部は何だかもう自分の辞任がきまってしまったような気がした。彼は眼を閉じて、最初のビールをひと息に飲み干した。すると急に闘志がおとろえて、自分が詠歎的になって行くような気持だった。

「今日はひとつ君に、洗いざらい話して聞かせよう」と彼は呟くような言い方をした。「全くどうも、政界財界というところは、世間の常識では考えられないような事が起るね。しかし君、条件がある。当分君の新聞には書かれては困るよ。飛んでもない事件になるからね。それだけは堅く約束してくれ」

「僕はですな……」と古垣は顔色のわるい長い顔を食卓の上に突き出すようにして言った。

「僕は総裁の利益にならんような事は、一切書きません。それはもう、堅くお約束します。僕は総裁の人物識見に敬服しているんです。政界財界と言われましたが、政界財界は泥沼ですよ。表面は立派ですが裏にはいってみたら泥沼です。その泥沼の中で、総裁は終始一貫、毅然《きぜん》としていましたね。いささかもおのれを崩すことなく、信ずる道に邁進《まいしん》して来られたでしょう。僕はそれが貴重だと思うんですよ。

だからどうもね、九月末で以て総裁が勇退されるということが、僕は納得できないんです。第一、後任として適任者がありますか。若松副総裁があと釜を覗っているというのが専《もつぱ》らの評判ですが、駄目ですね。あの人は駄目です。あの人には一種の臭気があるでしょう、野心家です、名誉慾と物慾のかたまりです。とても総裁の器じゃありませんよ」

日本政治新聞という怪しげな新聞を発行して、自分に有利な人と見れば賞讃し、自分に不利な人と見れば悪罵《あくば》する、そういう記事を書きつづけ、いわゆる阿諛追従《あゆついしよう》を仕事として来たこの男は、狡猾でかつ狡智にたけていた。権力あるものは阿諛追従に弱いのが普通だった。財部総裁は古垣の饒舌を聞いているうちに、自分が九月末に退任させられることが如何《いか》にも不当であるというような気持にさせられ、新しい憤懣《ふんまん》が胸のなかに湧きあがって来るのを感じた。

「私は官庁に永くつとめていたし、今の会社へ行ってからはまる六年、業界とつきあって日本の水力電気の開発につとめて来たが、この三十数年の経験を以て言い得ることは、日本の上層部は腐敗堕落しているということだね。それも一通りや二通りの腐敗ではないよ。人民は知らないから黙っている。知ったところで、どうする事も出来ないだろうがね。

今度の私の身辺に起って来た問題にしても、言語道断だよ。寺田と酒井とが総理の地位を争って泥仕合をやった、その権力闘争のあと始末だ。一つの不正が更に次の不正を招く。腐敗した物は隣の物まで腐らしてしまうよ。私だって正直なところ、清廉潔白とは言わないよ。清廉潔白では電力建設会社の総裁はつとまらないんだ。田植えをしようと思えば泥まみれにならざるを得ない。それと同じことだ。私だって多少は泥にまみれて来たよ。

しかし今度という今度は私も驚いたね。驚いたというより呆れ返ったね。君は知るまいが、星野官房長官がわざわざ秘書官をよこして、F——川の工事は竹田にやらせるように、万難を排して協力してくれと言って来た。そればかりか君、これをちょっと見たまえ」

総裁が紙入れから寺田首相夫人の名刺をとり出して、古垣に見せた。……それが間違いの元だった。

誇大な記事を書いて、それを売りものにしている古垣常太郎にしてみれば、こんなすばらしい新聞だねは無かった。彼は最初に総裁と約束したことを裏切って、何が何でもF——川電源開発問題について書こうと決心したのだった。総裁を賞讃しながら、政界の暗黒面を暴露する……という構想だった。

そういう古垣の内心の裏切りに気がつかないで財部は酔いの廻るにつれて、この事件の経緯を事こまかに話してしまった。彼にしてみれば永いあいだ胸のなかに鬱積していたものを、誰かに聞かせたかった。誰かに解ってもらいたかった。財部のような硬骨漢にもそうした弱さがあったのだ。夜の九時ちかくまで、三時間ちかくも二人の対談はつづいた。

最後に財部は、酔うた顔をぐらぐらさせながら、眼を閉じて言った。

「とにかく私はね、もう未練は残さないよ。やるだけの事をやったら、すっぱりとやめる。立つ鳥あとを濁さず。人間は終りが大事だ。ねえ君、そうだろう」

そして金一封を古垣に与えた。その金一封で、古垣は自分の言いなりになるもののように、財部は思っていた。しかしそこに誤算があった。古垣には古垣の狡い商魂があったのだ。

総裁と別れた古垣は、今夜聞いた話を何とかして記事にしようと考えずにはいられなかった。メモはつけていなかったが、大体のことは覚えていた。その記憶をもとにして、舞文曲筆することには多年の経験がある。要するに財部から出た材料だということが解らないように書きさえすればいいのだと、彼は考えた。政治家には顔見知りはたくさんいる。誰が資料を提供したか解らないような記事にして置けば、財部に迷惑がかかることは無いだろうと、自分の都合のいいような解釈をしてしまった。そういうところに古垣の、新聞記者としての知性の低さが現われて来るのだった。

それから五日ののち、(日本政治新聞)は刊行された。部数千三百部という新聞である。これは国会議員と官庁と各政党本部と財界の一部とに無料配布されるものだった。古垣社長はやはり事の重大性を考えたのか、記事の内容はわざとぼかしたような所もあり、(疑惑が持たれている……)というようなあやふやな書き方になっていたが、見出しだけは特に大きな文字で印刷してあった。

(九州F—川電源工事に暗雲。貪慾きわまる竹田建設。敢然・政治的圧力と戦う財部総裁)

その内容は通産大臣と竹田建設とが共謀して、F—川の工事の不正入札を財部総裁に要求しているらしい事、あるいはその裏面に星野官房長官もいるのではないかと見られていること、竹田建設は莫大な贈賄をもって財部総裁を誘惑しようとしていると思われる節もあり、財部総裁は苦境に立ちながらも敢然として、この不正と戦っている云々という、見出しのわりには短い記事だった。

新聞は配布されたが、日ごろから政治新聞の記事を信用していない人たちは、歯牙《しが》にもかけなかった。年じゅうそんな人騒がせな誇大な記事を書いている新聞である。また一部の人たちは、土建業界の不正事件など珍しくないという態度で、読み過してしまったようであった。

しかしその中で唯ひとり、神谷代議士だけはこれを読んで大変によろこんだ。彼は寺田総理が党の選挙のときに党資金その他を流用した事実を知っていた。党本部の経理を調査したこともあった。恐らく流用した資金は七、八億にものぼるだろう。その穴埋めに星野官房長官が苦慮していることも知っていた。

政治新聞が書いている土建業界と通産大臣と電力建設会社とのからみあいは、必ずや五月の総裁選挙のあとの穴埋め工作であるに違いない。これを追及して行けば大きな事件になると彼は思った。

大きな事件をひとつつかまえれば、それを材料にして国会で政府を追及するのだ。これは神谷代議士のような男にとっては自己宣伝のためのまたと無い機会であった。国家社会の不正を糾すという大義名分をかかげて、自分のための売名宣伝をするのだ。それは直ちに、次の総選挙に立候補したときの点数かせぎにもつながって行く筈だった。

彼はすぐに議員会館から政治新聞社に電話をかけて、古垣を呼び出した。

「古垣君か。神谷だよ。民政党の神谷直吉だよ。

君の新聞をいま見たがな、この電力問題、これはええなあ。こういう記事はどこの大新聞も書いておらんぞ。君のところだけだ。これは君、大問題だ。ひとつ徹底的に洗ってみようじゃないか。おれはこの前な、民政党本部へ行ってな、経理の帳簿を全部しらべてやったが、経理のやつ巧いことをやったと見えて、帳簿には出ておらんわい。しかしどうせわかる。必ず調べ上げてやるからな。君もひとつ、新しい事がわかったら教えてくれ。これは君、正義のためだからな。おれはひとつ、例の石原参吉とも連絡してみようと思っとるんだ。あの男は何でも調査して知っとるからな。何か出て来るだろう。しかしだな君、なし崩しに記事を出したってつまらんぞ。第一、君だって碌《ろく》にもうかりゃしないだろう。君の方で何か新しい材料をつかんだら、俺が買ってもいいんだ。うん、高く買うぞ。本当だ。ひとつこれから連絡をとってな、とことんまでやろうじゃないか。いいかい。よし、じゃ、待ってるぞ」

神谷代議士にとって国会は、政治の場ではなくて稼ぎの場だった。物慾と名誉慾に駆られて代議士になっているのであって、国政などということは念頭になかった。そういう人物が選ばれて国会議員になっているということは、選挙民の質の悪さを証明しているようなものでもあった。

古垣常太郎の新聞が刊行された翌日、財部総裁は通産大臣から電話で呼ばれた。すぐに来いという命令であった。

総裁は覚悟していた。古垣の新聞を見た時から、あんな下等な男にあんな告白をしたということを後悔していた。しかし通産省へ行く車の中で、もしも大臣が総裁に対して乱暴な口を利くようだったら、(喧嘩をしてやろう……)と思っていた。総理と官房長官と通産大臣と、みんな共謀しての大汚職事件が進行していることは、もはや明白だった。職をなげうって、この不正を(江湖《こうこ》に訴える)だけの覚悟を見せたら、大臣と雖《いえど》も大きな口は利けない筈だった。

大臣はワイシャツ一枚の姿で、秘書官がさし出す書類に判を捺《お》していた。財部がはいって行

くと仕事をかたづけて、彼は煙草をくわえた。それから客用の椅子の方に歩いて来て、

「いつまでも暑いね」と平静な口調で言った。「私はときどき相模湾《さがみわん》へさかな釣りに行くんだが、このあいだは君、一貫目の鯛《たい》を上げたよ」

「一貫目というと、大きいでしょう」

「重かったね。上げるのに君、二十五分もかかったよ」

「そうですか。それではその方も、立派な腕前でいらっしゃるんですな」

「なに、素人だ。船頭がやってくれるのさ」と気楽な言い方をしたが、いきなり一転して、

「ところで総裁の任期は、たしか九月の末だったね」と言った。

「はあ、九月二十七日です」

「うむ、そうか。……いや、実はね、私はこの役所へ来てまだ日は浅いが、君は電力建設会社では古い顔だし、君に是非留任してもらおうと思っておった。だから君にも一度それらしいことを言ったと思う。君もあるいは当てにしていたかも知れん。

ところがねえ、どうも情勢がむずかしくなって来てな」

変に持って廻った言い方だった。あるいは大臣の方が財部からの反撥を予想し、警戒していたのかも知れなかった。総裁は黙っていた。予期していた時がいよいよやって来たらしかった。大臣は古垣の新聞のことを知っているに違いない。しかしそれをおくびにも出さなかった。それが大臣の悧口さであった。あの新聞記事に触れれば、彼等が計画している不正事件にも触れ

なくては済まない。大臣はむしろその方を警戒していたのかも知れなかった。内心は怒っていても、その怒りを顔色に表わしていないのが、財部にしてみれば却って不気味でもあった。

「君のような練達の士を失うことは、通産省としても損失なんだ。大事な部署だからね。誰でもいいという訳には行かん。……だから私としてはもう一期、君にやって貰いたい気持があったんだが、どうも事情がね、私の思うようにも行かんのだよ。ひとつ諒解してもらいたいな」

「いいえ……」と財部は静かに答えた。「四年という任期は、任期が来たら交替するという事が原則でして、留任という事の方がむしろ変則だろうと存じます。任期満了と同時に後任者にゆずり渡すのは、当然だと思っております」

総裁はそういう立派な口を利いたが、腹の中では別のことを考えていた。九月末の任期までに、入札その他一切の準備をやってしまえば、F—川建設の問題は一段落する。予定の行動だった。それまでの間に、何とかして竹田建設を叩き落して、青山組に工事を廻してやることが出来れば、万事思った通りになる筈だった。

「そうかね。いや、君がそういう風に諒解してくれると、私も大変有難い。……ところでどうだね、君の後任者として誰が最も適任と思うかね」

「それは大臣のお考えで決定されることでして、私がかれこれと申し上げるような筋合いではございません」

「理窟はそうだが、電力関係は私も素人でね。君の智恵をかりたり、参考にしたりする分には構わんだろう」

「若松副総裁はいかがでしょう」と財部は言った。「大臣も若松君ならば気ごころが解っておいでかと思いますが……」

大川大臣はかすかに笑った。財部の皮肉がすぐに解ったらしかった。笑った顔がもう一度冷たい表情にもどって、

「ところで君、時期の問題だがね……」と彼は言った。

「いずれ後任者を任命するとすれば、F―川ダムの建設は事実上その人間の手で推進して行かなくてはならんね。そうすると、工法の研究とか、工事予算の問題とか、請負業者の指定とか、そういう風な工事以前の準備段階から、同一人物の構想によって推進して行くのが最も理想的だと私は考えるが、その点はどうかね。とにかく四十五億とか四十七億とかいう巨費を投入する仕事だから、最も理想的な方法をとりたいと私は思うのだが……」

「ごもっともです」

「君もそう思うかね」

「それが出来れば、それに越したことは御座いません」

「そうか。よく解った。……そこでF―川ダムの件は立案以来かなり延びのびになっている。冬が来る前に付帯工事などに着手しておきたいと私は考えるが、そうじゃないかね」

「おっしゃる通りです」

「つまり時期を少し急ぐ必要がある。いつまでも延ばして置くわけには行かん。九月末に総裁の後任者がきまって、それから工事費の計算だとか入札だとかをやっていたのでは、間に合わない。冬になってしまう。だから一日でも早くこれをやりたい、というのは当然じゃないかね」

「はあ。その通りです」

「そこで君に、ひとつ相談したいんだ……私は九月の末を待たないで、一日も早く後任者をきめて、その人物の手によって工法研究、予算決定、入札という風な段取りを一気にきめて行かなくてはならんと思う。……賛成して貰えないか」

大臣の追及は三段論法だった。有無を言わせない論理の立て方だった。しかも古垣の新聞記事については一言も触れないで、平静で丁重な言葉でもって、ぎりぎりと財部を追いつめて来るのだった。いかにも才気煥発《かんぱつ》なやり手と言われる大臣のやり口だった。これでは財部としては、車の中で考えていたような喧嘩のいと口が無かった。

要するに大臣は、後任者を早くきめて、早く仕事にかかりたい。そのためには、(お前の任期満了まで待っていられないのだ)と言っているのだった。つまり任期満了の九月末を待たずに、やめてくれと言っているのだ。

この人が、こういう出方をするとは彼は予期していなかった。財部は沈黙した。すると、

「その代り、退職金はうんと出す。前例が無いほど沢山出す。……どうだね、ひとつ諒解して

くれないか」と大臣は言った。

ここで、嫌だと言えば喧嘩になる。しかしこの人と喧嘩をして、得をすることは恐らく有り得ないだろう。彼等の汚職事件は準備中であって、(既遂事実)ではない。だからそれを世間に発表してみたところで、財部自身は何も得るものは無い。任期満了の直前に辞表を出すのは、世間に対して体裁はわるいが、事ここに至っては長いものに巻かれるより仕方がないようにも思われた。

「大臣のお考えはよく解りましたが、私の方にもいろいろ都合がございますので、二、三日考えさせて頂きたいと思います。その上でいずれとも御返事申し上げます」

と総裁は言った。

即答はしない。即答して得をすることは滅多にないのだ。返事を保留している間は、総裁の方に主導権があった。大臣は待つより仕方がない。二、三日が十日になっても構うことはない。その間に財部は最も有利な(身の振り方)を考えようと思っていた。

総裁更迭

まる二日のあいだ、財部総裁は考え迷っていた。大臣から直接に、はやく辞表を出してくれと言われるところまで来てしまっては、九月末まで居すわることはむずかしかった。彼の当初の計画はすべて崩れてしまったのだ。

政界と業界との醜悪な結びつきは、今に始まったことではない。それは財部自身もさんざんに知り尽していることだった。権力と財力とが結びつけば、どんな事でもできる。法律を歪め、世論を封じ、警察を味方につけ、時としては検察庁の活動をやめさせることだって、やろうと思えばやれるのだ。庶民にとって法律は至上の権威である。しかし権力者たちにとっては、その気になりさえすれば、法律は有って無きが如きものであった。財部総裁がここでおとなしく辞表を提出すれば、政界と土建業界とを結ぶ何億円という汚職事件は、すらすらと実行されるに違いない。

それを、一身を挺して喰い止めようという程の覚悟は、財部には無かった。彼が単身で、そんな正義感を燃やしてみたところで、何の役にも立たないことを、総裁は何十年の経験で知り尽していた。大河の水の濁りは、ひとりや二人の人間がどれほど騒いでみたところで、これを清流に戻すことは出来ない。汚職は行われるのであろう。せめて財部自身が、その汚濁から身を避けることを以て、賢明と考えるべきではなかろうか。……

しかし彼が辞表を提出すれば、青山組と総裁との間の暗黙の約束は、実行されない。その事に彼の気持はつまずくのだった。けれども朝倉専務が巧みにも言ったように、（現職にいるあいだこそ、青山に義理もあるが、現職を退いてしまえば、その義理も消える……）かも知れないのだ。

二日目の夜、八時すぎに財部が帰宅してみると、彼の机の上に一通の封書が置いてあった。裏を返してみると、立派な筆蹟《ひっせき》で、(朝倉節三)とある。

「これはどうしたんだ」と彼は夫人に言った。

「ああ、それね、夕方お使いの人が持ってみえたの。何だか大事な手紙だからって言いましたよ」と、浴衣を着た夫人は鼻にかかった柔らかい声で言った。

着物をきかえると直ぐに、財部は机に坐って封をひらいた。大型の封筒のなかにもう一つ小型の封筒がはいっていた。古風な巻紙に毛筆の手紙がついている。

(前略、先夜はまことに失礼を申上げました。本日通産大臣より其の後の経過等拝聴。総裁より一両日中に大臣あて何分の御返事あるとのこと。弊社の為に毎々御配慮を頂き誠に恐縮に存じております。何卒《なにとぞ》々々特別の御高配を頂き度く懇願申上げます。就きましては年来の御高誼《こうぎ》の御礼旁々《かたがた》、甚だ無躾《ぶしつけ》ながら同封のもの御収納下され度く、重ねて小輩の苦衷をも御賢察願わしく存じます。いずれ改めて拝眉《はいび》、万々御礼申上げ度く存じますが、とり急ぎ使いを以て右御挨拶申上げる次第であります。敬具)

別の封筒の中からは一枚の小切手が出て来た。7という数字のうしろにゼロがたくさん並んでいた。日本文字は機械で打ち出した数字で、一、金七阡萬円也とあった。七千万という金額は、事業資金としては微々たるものであるが、生活資金として考えてみれば巨大な数字であった。金銭信託か何かにあずけて置けば、たとえ六歩に廻しても年間四百二十万円の利息になる。これに大臣が約束してくれた退職金を加えると、毎月四十万円以上の生活をしても、元金は全く減らないという大きな金額である。財部はもはや六十を幾つも過ぎていた。元気で働ける期間は、あと幾年もない。してみればこの金額は彼の老後の生活の保証としては、充分すぎるほど大きなものだった。

朝倉と大臣との間でどんな話が交わされたか、彼は知らない。しかしこの手紙の文面から察すると、大臣も朝倉も総裁の辞表提出を予定しているらしい。その予定を確実なものにするために、朝倉はいそいでこの小切手を届けてよこしたのだ。財部がこれを受け取ってしまえば、万事終りだ。大臣と喧嘩をするつもりなら、先ずこれを突っ返して置かなくてはならない。

彼は小切手を文庫におさめて、八畳の居間へ出て行った。渋谷松濤の住宅街は、夜の八時を過ぎると淋しいほど静かだった。この住居は青山組が建ててくれた立派な家で、敷地が二百三十坪ほどもついていた。

彼は沈んだ顔で夕刊をひろげながら、

「ビールをくれ」と言った。

むかし花柳界にいた夫人はまだ若くて、どことなく未だに白粉《おしろい》くさいようなところがあった。冷蔵庫からビールを取って来て良人にすすめながら、

「さっきの、大事なお手紙って、何でしたの?」

と言った。

「うむ……かねだ」

「あら、おかね。……いくら？」

財部はビールを一息に飲んでから、

「かねはかねだが、返すかも知れんのだ」と言った。

「まあ何でしょう。返すなんて、悪いおかねなの？……賄賂？」

「そんなようなもんだ」

「いくら？」

「いくらでもいい」

「だってさ、聞いてもいいじゃないの。……いくら？」

「七千万……」

「ええ……？」と夫人は大きく眼を見ひらいた。「とんでもないおかねね。それを、返すの？」

良人は黙って夕刊を見ていた。

「ねえ、そういうおかねって、税金がかからないでしょう。まるまる収入になるわけね。あなたは近いうちに引退でしょう。そしたら……何だか勿体ないみたい」

「いろいろ訳があるんだから、お前は口を出すんじゃないぞ」と財部は、すこし改まった言い方をした。

しかし本当のところ、彼の気持は崩れそうになっていた。今後四年間、総裁の地位を保ち得たとしても、七千万の収入があろう筈もなかった。彼がどんなに抵抗してみたところで、大臣と官房長官とは予定の汚職をやり遂げるに違いない。引くならば今ではないかという気もするのだった。先夜、朝倉と赤坂で会ったとき、朝倉が巧いことを言ったものだった。（長いものには巻かれろと申しますが、下手に巻かれるか上手に巻かれるか。巻かれ方が問題です。上手に巻かれて、巻かれながら得をするという方法だって、有ると思うんですよ）

さすがに朝倉の考え方は老巧だった。名を捨てて実を取るというのであろうか。財部がこの賄賂を黙ってふところに入れて留任をあきらめ、おだやかに辞表を提出すれば、事情を知る者たちは財部の敗けだと思うだろう。ところが財部は誰も知らない七千万円を自分のものにして、ひそかに笑っていられる筈だった。

けれども彼はその夜ひと夜、ほとんど眠らずに考え続けていた。やはりみずから釈然としないものが有った。青山がもしもこの事を知ったら、彼の面目はまる潰れだった。それさえ無ければ、このまま引退しても誰からも文句は言われないが、青山に会わせる顔が無くなる事だけが、いつまでも辛かった。

あくる朝、彼は一種の決意をもって、朝倉専務に電話をかけた。相手が出勤する前にと思って八時すぎに自分でダイヤルを廻した。朝倉はすぐに出てきた。

「ああ、財部です」と彼は静かに言った。

「おお、これはどうも、お早うございます」と、朝倉のしわ涸《が》れたような声がきこえた。

「早速だがね君、ゆうべ帰って見たところが君からの手紙が来ておってね。どうも君、あんな事をされては困るねえ」

「いやいや、誠にどうも失礼な事は承知しております。どうぞお許し下さい。しかしですなあ総裁、あれは竹田の一存でやった事だとお考えにならずに、要するに目下の諸情勢から、あんな風な事で万事解決ということにして頂きたい。そうでないと収拾がつきません。その辺をひとつ御賢察ねがいたいんですよ」

「いいえ、私はね、君の苦心は解らなくはないが、こんな事で以て総裁としての私の立場を終りにしたくないんだ。これでは君、男としての面目が立たんよ」

「解っております。お詫びは何とでも致します」と、朝倉は腹を据えた言い方をした。「……総裁の面目がつぶれるような事は絶対に致しません。極秘中の極秘です」

「大臣はこういう事を、知っているのかね」

「大臣ですか。……私はね総裁、大臣から頼まれているんです。もちろん大臣はこまかい事は知りません。それは私の方で、出来るだけ総裁に御迷惑をかけないように、また総裁に御満足いただけるようにと考えているわけですよ」

「私はね朝倉君、これはとにかく一応お返ししたいと思っているんだ。いまはこういう物を頂くわけにはいかないよ。少なくとも現職にいる間はね」

「と申しますと……時期の問題ですか」

「そうですよ。いまこれを受け取ったら、私も世間から咎められなくてはならない。そうでしょう。自分の職責を利用したということになる」

「なるほど。……すると、総裁がはっきり辞表を提出なさって以後でしたら、あれをお収めいただけますか」

辞任した後で受け取ったものならば、収賄にはなるまい。自分の地位を利用し、相手に何等かの利益を与える約束でかねを受け取ったことにはならない。地位が無くなった後の贈与は、単なるお礼とか御挨拶としか見られない筈だった。それは財部がひと晩じゅうかかって考え出した結論だった。

「いや、しかし私はね、まだ辞任するとはきめておりませんよ」と彼は強くはね返した。「私は大臣のやり方がどうしても納得できないんでね。今度お会いしたら徹底的に、大臣に質問してみたいと思っているんですよ」

「ああ、さようですか」と、朝倉はぼんやりした言い方をした。「それは、一応御尤もとは存じますが、しかしですなあ総裁、大臣はもう総裁の辞任を既定の事実として、準備をしていらっしゃいますよ」

「ふむ？……準備って、何だね」

「つまり、後任総裁のことですがね」

「後任者を考えているというのかね」

「考えている段階じゃありませんよ」

「それじゃ……誰か、もうきまっておるのかね」

「御存じありませんか」

「知りませんな。誰です」

「関西出身の人ですよ」

「はてな。関西に、そんな人がいたかな。九州かね」

「いえ。まえに京阪神で大活躍した人です。いまは東京におりますが……」

「松尾か……」

「そうですよ」

「松尾芳之助かね。もうきまったのかね」

「きまっております」

「いつからきまっているんだね」

「そうですな。一週間ぐらい前です」

財部はそこまで聞いて、がくんと膝が崩れるような思いがした。一週間まえといえば、彼が大臣に会うより前だ。二日まえに大臣に会ったとき、大臣は何喰わぬ顔をして、後任には誰がいいと思うかと、総裁に質問したものだった。総裁は大臣にからかわれていたような具合だった。

しかも、電力建設会社の総裁が何も知らないのに、民間業者の朝倉には後任総裁問題が筒抜けに解っていたのだ。総裁として、これほど馬鹿にされたら、もう言うことは無い。この汚濁と権勢慾と奸計《かんけい》との世界から、足を洗うべき時が来たようだった。

松尾芳之助は電力業界生えぬきの男だった。京阪神から奈良、和歌山、福井にかけての電気事業には、多かれ少なかれ松尾の息がかかっているといってもいい程だった。年は財部よりも一つ上で、数年前に参議院議員に立候補したが、次点で落ちている。そのときの党派は民政党の公認で、寺田総理大臣が推薦人になっていた。その頃から寺田とのつながりが有ったに違いない。

してみれば後任総裁という今回の人事も、総理から直接の口利きが有ったか、あるいは総理の意を迎えようとする通産大臣の巧妙な計画であったか。いずれにせよ、F―川ダム建設に関しては、新総裁は通産大臣の意のままに動いて、工事を竹田建設に落札させることは、ほぼ間違いないと見ていいのだ。

事ここに至って、財部の気持はすべて崩れ落ちた。長いものには巻かれろということは、何十年も役人生活をして来た人間には、解りすぎるほど解っていることだった。もはや総裁の地位にもF―川ダムの工事についても、未練は無かった。未練を持ってみたところで、どうなるものでもない。

彼は事務机に坐って一通の手紙を書いた。

（先ほどは電話で失礼しました。おかげで事情一切判明。小生も気持がすっきりしました。後事はすべて松尾君におまかせすることになるでしょう。これで小生も肩の荷をおろし、余生をたのしむことに致したいと考えます。

御送付いただきましたもの、ここに同封申します。先程も申しました通り、今はお受け出来ませんので、ひと先ずお手許《てもと》にお返ししなくてはならぬ次第、御諒察下さい。永いあいだ、種々御心配をかけました。今後ともどうぞ宜しく）

含みのある文章だった。辞職するとは書いていないが、その意味は充分に匂わせてあった。七千万円の小切手を返すについても、（ひと先ず……）と言ってあった。いつか再び受け取ることがあるものと、予定した言い方だった。それは財部が正式に辞職した後になる筈だ。（御諒察下さい）と言うのは、現職のままでは受け取れないという事情を解ってくれという意味だった。そして、（今後とも宜しく）と言うのは、もはや総裁の地位を離れることを予定して、地位も何もなくなった後の孤独な自分を予想した、淋しい言葉だった。

それから三日のあいだ、彼は自分ひとりで残務整理をした。それがひと通りかたづいたとき、財部は大臣の都合を問い合せたのち、通産省に出頭し、自分で大臣の手許に辞職願を提出した。辞職の理由はただ、（一身上の都合により……）と記してあった。

大臣はねぎらいの言葉を与え、ひまがあったらまた時々遊びに来たまえと、機嫌の良い口調で言ったが、そのあとに付け加えて、

「余計なことかも知れんが、つまらない新聞に君の談話など発表しない方がいいよ。君自身のためにも、そんな事は慎んだ方がいいな」と言った。

古垣の政治新聞の例の記事について、言っていると同時に、今後の財部の口を封じておきたいらしく聞えた。彼が野に下って、政府攻撃などやり出したら、秘密を知られているだけに、大臣は困ることが多い筈だった。財部はそれを聞くや、やめた後までもこの男に縛られる理由はないという気がした。彼は何かしら、一矢《いっし》むくいてやりたかった。それで、

「松尾芳之助とは、良い人物を見つけられましたね」と、うす笑いを浮べて言った。「あの人ならば腕は確かですし、それに私と違って、大臣に楯つくような事はしないでしょう。円転滑脱ですからね」と言った。

大臣はただ、

「ふん。知っていたかね」と言ったばかりで、席を立った。

翌日、財部の辞表は受理され、同時に後任総裁として松尾芳之助の任命が発表された。電光石火の処置だった。大臣の方ではすべての段取りをととのえて待っていたに違いなかった。

そしてその日の夕刻、わざわざ平井次官が財部総裁を電力建設会社にたずねて来て、総裁に対する辞令と、退職金を手渡して行った。(願いに依りその職を免ずる)……退職金は二千五

百万円もはいっていた。財部の前の総裁がやめた時には六百万円であった。その差額一千九百万円は、物価水準の上昇のためばかりではなく、大臣が、無理やりにやめさせた財部の口を封じるための金額でもあるらしかった。

さらに数日後、財部は竹田建設の朝倉専務から赤坂の料亭菊ノ家に招かれ、例の七千万円の小切手を受け取った。受け取ると同時に財部は、その代償として彼の自由を売り渡したようなものであった。彼はもはや、現に進行中のF―川ダム関係の汚職事件について、抗議し発言する立場ではなくなっていた。

このようにして、五月以来数カ月、紆余曲折をした果てに、財部総裁は自分の職務から閉め出され、無位無官の一浪人となった。この邪魔くさい人物を整理してしまうと同時に、F―川ダム建設問題は政府と竹田建設との共謀による予定の方針にしたがって、急速に進展して行くことになった。数億円にのぼる大汚職事件は、これでようやく（軌道に乗った）ような具合であった。

特別作業班

電力建設会社の後任総裁松尾芳之助は、寺田総理大臣と同じ福島県の出身で、同郷という関係から旧知のあいだ柄であった。松尾が参議院の選挙に出たのも寺田の推挙であったと言われていた。

東大理学部の出身で六十五歳。しかし一本の白髪もないかと見えるほど若々しくて、小柄ではあるが骨太な躰つきと、何を考えているのか判断しかねるような茫漠とした表情とを持っていた。低い声で、多くを語らず、腹の中に秘密を一杯詰めこんだために、身動きが重たくなっているような男だった。

彼の最初の仕事は、大川通産大臣に就任の挨拶をすることであった。大臣の御都合をうかがって、彼は通産省の大臣室を訪ねて行った。この二人は初対面であった。もともと電力関係とは全く畑違いであった大臣は、松尾の名前だけは聞いていたが、会ったことは無かった。後任総裁に松尾を推挙したのは、ほかならぬ寺田総理であった。したがって財部の辞任したあとには、（寺田、星野、大川、松尾、それに竹田建設の朝倉）という、この汚職事件の体系が完全にととのうこととなった。

新任のあいさつを受けると、大臣は松尾と対坐して、

「電力問題はわが国の工業力の基本でもありますから、御苦労ですが、ひとつ宜しく頼みます。あなたはその方では日本でも有数の経験者だそうですから、私は大いに安心しているわけですよ」と珍しく愛想の良い言い方をした。

それに対して松尾は、低い沈んだ口調で、

「さし当っては例の、F—川の問題ですな」と言った。何もかも承知しているという風な、冷静な、しかし急所をひと抉《えぐ》りするような言い方だった。

「あれはいろいろいきさつが有りましてね……」と大臣は言った。「詳しい事は若松副総裁から聞いて下さい。F—川の工事は電力問題だけではなくて、政治関係もからんでいますからね」

「大体のことは解っています。財部さんが任期満了の直前に辞職された事から、電業界には変な噂が流れていますよ。私に向って、後任を引き受けるのはやめろという忠告をしてくれた人もありました。厄介な仕事ですな」

と言って、松尾は笑った。

「噂が流れていることは私も知っています。ぐずぐずしていれば噂はますますひろがるだろうと思う。だから急速に事を運んでしまいたい。噂なんかに遠慮していては何もやれませんからね。噂を押し潰すくらいのつもりで、一つ急いでやって下さい」

松尾はそれには答えないで、うす笑いを浮べていた。彼は一度も官庁の禄を喰んだことのない男であり、総裁になりたくてなった訳でもなかった。従って大臣をも次官をも恐れてはいない。ただ、眼の前に大きな仕事があれば激しい闘志を燃やす。そういう、生え抜きの民間業者だった。

民間業者の松尾のやり方は、官僚または官僚出身の者とは違っていて、手っ取り早くて大胆だった。責任はいつでも自分が背負うという態度を持っていた。総裁のそういう態度は、官僚臭のつよい電力建設会社の中で、むしろ異質であったかも知れない。

彼は若松副総裁を自室に呼んで、F―川問題のそれまでの経緯一切を聴取した。事務的な問題の進行状況、総理や官房長官や通産大臣との関係、それから今後の重要課題であるところの竹田建設との関係、入札についての前例やその裏面工作。……

そういう事を一応聞いて置いてから役員会を招集し、自分の総裁としての方針を示し、協力を求めた。それからF―川ダム工事の問題に言及して、入札期日を九月二十五日まで延期することを申し渡した。それまでにはまだ一カ月ある。その間にすべての準備が整えられると彼は考えていた。

四十数億円にも達する大工事の入札という仕事は、なかなか厄介なものだった。まず第一に、入札条件はすべての入札者に対して公平でなくてはならない。しかしながらF―川の工事については、竹田建設に落札させようという計画が、最初から電力建設会社の側にあるのだ。これが青山組やその他の請負業者によって落札されてしまっては、元も子もない。それでは総裁を更迭させたことも無意味になってしまう。

したがって今回の入札は、表面はどこまでも公平らしき条件をととのえて行きながら、どこかに飛んでもないからくりを造っておいて、表向きは立派に竹田建設に落札させなくてはならない。信頼し得る金額で、しかも一番安く入札した者に落札するのは一般の常識であるが、竹田建設としてはそれを見返りにして、四億乃至五億を政治献金することになっている。

要するに竹田には、一番安い金額で入札しておきながら、更にそれよりも四億乃至五億だけ安く工事を完成しなくてはならないという、はなはだ矛盾した条件が考えられていた。その矛盾をどう切り抜けるか。……問題はそこにあった。

電力建設会社の役員会は、F―川ダム工事に関する入札方法について協議を重ねた。入札の方法には何種類かあって、決して単純なものではなかった。その中から、前例を参照して、一つの形式を採用することに決定した。

入札する業者側は、工事概要、工法、付帯工事計画、資材の見積り高、資材の入手方法、工期、設計の概要等を詳細に記した計画書類と共に、その総金額を計算した入札書類をととのえて、九月二十五日午後二時に、電力建設会社会議室に準備された入札場に提出する。二時から一分遅れることも許さない。

一方電力建設会社側は、専門の技術者や経理担当者によって、この工事に必要な資材、人員、工期などを計算し、工法を研究し、どれだけの予算があればこの工事が正当に、無理のない方法で完成し得るかを計算し、その算出した金額を、入札と同じ九月二十五日の午後二時に、決定と同時に厳重に封印をしてしまう。

そして九月三十日の午後二時、入札した業者五社の代表と、電建側代表とが立ちあいの上で、両者を同時に開封する。そして最も安い金額で入札した業者に落札が決定する……という順序であった。但し……。

かつて東宮御所の建築について、某建設業者が、たった一万円という入札をして問題になったことがあった。不当に安い入札は、その工事を信頼する訳には行かない。F―川ダムは二十五億や三十億では出来る筈もないし、第一危険が伴う。したがって入札にも最低金額（ローア・リミット）が定められなくてはならない。その金額以下の入札は無効と考えるのが至当である。

さらに、もう一つの問題がある。

電力建設側の担当者たちが、工事費の計算をやっている途中で、その金額や算定の基準となる数字などが、業者側に漏れては公平な入札は出来ない。どこまでも厳重に機密を守らなくてはならない。しかしながら十人以上の担当者を集めて、二週間も協議をつづけて最後の数字を割り出そうというのに、その間の完全な機密防止ということが出来るかどうか。

警察や軍隊が警備をするわけではない。自由な人民が自由な社会のなかでやっている仕事は、探ろうと思えば探ることは出来る。過去に於ても、料亭の女将や芸者や、幼い子供までもスパイに利用されたという例があった。厳密に言って、機密防止は不可能である。

しかし表向きはどこまでも、厳重に機密を守るのだという姿勢を示さなくてはならない。そのためには工事費の算定を担当する技術者の名も資材部員や経理部員の名も、発表されなかった。理事が一名だけ立ちあうことになっていたが、彼の名も発表されなかった。

或る朝、経理の某と技術部の某とが欠勤し、午後になって資材部の某がどこかへ出かけて行き、理事のひとりが車で外出した。九月はじめのことだった。……そして彼等はあくる日から、ずっと続けて無断欠勤してしまった。その欠勤している十三人が、工事費算定のための特別作業班であった。

彼等は計算のための必要な資料をかかえて、三々五々、ばらばらに出発した。そして落合ったところは長野県の山の中の或る小さな温泉宿だった。彼等がそんな所に雲がくれしたという事すら、厳重な秘密だった。……

しかし、こんな愚かしい秘密が秘密であり得る筈はなかった。要するに秘密を装っているに過ぎなかった。彼等のうちの誰かが、どこかへ連絡しようと思えば、何の困難もありはしない。誰も彼等の旅行を監視している者はないのだ。むしろ逆に、土建業者の側が尾行をつけることだって可能であった。そしてこの特別作業班員の家族が、彼等の行先を知っていたに違いない。

彼等が籠った温泉宿は、谷川のほとりの河鹿《かじか》が鳴く静かな宿だった。朝は十時にならなくては日が射さない、午後は四時になると日がかげってしまうような、山と山との間で、温泉宿が二軒、一般の民家が五、六軒だけという淋しい所だった。ここならば絶対に機密は守られるであろう。

けれども宿には主人もおり女房もおり、女中や雇人や板前もいる。彼等は自由にバスに乗って下の町へも出かけて行く。彼等を諜報者として使うつもりならば、東京の土建業者と連絡をとることは極めて容易だった。したがって彼等が山の宿にこもったということ自体が、見せかけのものに過ぎなかった。

九月十日の夕刻までに、彼等はこの指定の宿に集まり、その夜は小宴を張った。あくる朝は早くから宿のまわりでひぐらし蟬《ぜみ》が鳴いていた。東京ではほとんど聞かれない蟬の声であった。十一日午前から、彼等は数室に別れて、作業にとりかかった。この大工事の工事費の計算は容易なことではなかった。

ロックフィル・ダムは三トンとか五トンとかいう大きな石材を河床からピラミッド型に積みあげて、その三角の岩山の表面に四十センチから六十センチの厚さに、コンクリートを打ちこんで壁をつくり、水をさえぎる。アメリカではかなり多く用いられているダムの型式で、日本では岐阜県の御母衣《みほろ》ダム（高さ百三十一メートル）が最も大規模なものとされていた。F―川ダムが完成すれば、これが日本一のロックフィル・ダムになる筈であるが、この工事には多量の石材を必要とする。その石材はなるべく近くの山から、なるべく容易に現場まで運ばなくてはならない。石材の量の計算、切り出しの方法と運搬の方法、それに要する経費の計算、工事人夫の数と日数の計算、どのような機械を何日間つかい、どれだけの爆薬を使い、どれだけの鉄材を使うかという計算。……それからまた建設事務所と宿舎、飯場の建設、資材運搬のための道路や橋梁の建設という付帯工事の計算。

天候が悪ければ工期は永びき、経費はかさむ。日の短い冬期は工事がすすまない。九州に台風が来ればまた工事は遅れる。したがって総工事費の計算も可能性や推定によって左右されることが多く、あくまでも概算にすぎない。入札する業者の側でもその可能性を甘く見るか辛く見るかによって、数億という開きが出て来るし、業者が持っている機械の性能によっても計算の違いが出てくる筈であった。

海抜六百メートルのこの温泉宿のあたりでは、もう楓《かえで》の紅葉がはじまっていた。計算に疲れると彼等は湯にひたり、風呂場の窓から山の風景をながめる。落葉松《からまつ》のこまかい葉が黄色に枯れて、絶えずはらはらと落ちつづける。くるみの枝に青い実がつき、栃《とち》の木も栃の実をつけていた。東京では見られない、自然の風景の親しさであった。

山の宿で作業班が計算に明け暮れているあいだに、指名を受けた土建業者五社でも、各々専門の技術者や資材部の人たちが集まって、入札に必要な設計図、工法などを記入した工事目論《もくろ》見書《み》などを作製し、総工事費の算出に没頭していた。各社とも、その計算の内容は極秘であり、また同時に、他社の計算の内容を盗み出そうとするスパイ活動も活潑であった。特に竹田建設と青山組との計算内容は、他の三社が最も知りたいところだった。

新任の松尾総裁も若松副総裁も、本社にあって平素の通りに勤務していた。彼等は山ごもりしている特別作業班の活動にも、請負業者五社の計算にも、当然のことながら、全く関係してはいないようであった。

けれども松尾総裁はほとんど毎日のように副総裁と密談をかわし、ほとんど一日おきに赤坂や新橋の料亭に車をまわした。その料亭で、総裁がどんな人に会ってどんな話をしたか、誰も知らない。ただひとり石原参吉だけが、幾つかの情報を握っていた。芸者萩乃からの報告と、春友の下足番小坂からの通報であった。

石原参吉ははじめのうち、F——川ダムの問題には何の興味をも持ってはいなかった。しかし官房長官の身辺を調査しているうちに、電力建設会社を舞台にして進行しつつある大汚職事件を嗅ぎつけてしまった。怪しげなにおいを嗅ぎつけると、参吉は猟犬のように興奮する男だった。

彼の疑惑は政治新聞の古垣常太郎の証言によって裏付けされ、代議士神谷直吉からの情報によって更に確認された。そこで彼は官房長官の身辺を洗っていた脇田と荒井の二人の調査員を、F——川ダム問題の調査にふり向けることにしたのだった。

電力建設会社総裁の更迭は、石原参吉をびっくりさせた。財部が任期満了の一カ月まえに、特にそれらしい落度があった訳でもないのに、一身上の都合と称して辞職したという事は、要するに詰腹を切らされたに違いないのだ。何のために通産大臣はそれほどの強硬手段をとらなくてはならなかったか。

誰の眼から見ても、ここには大きな疑惑があった。（かくれたるより現われたるは無し）と諺に云う。この不思議な総裁更迭はまさにそれだった。しかし参吉は荒井や脇田には、通産大臣や財部前総裁や若松副総裁に直接会ってはならないと申し付けてあった。参吉の調査はどこまでも極秘だった。調査されていると相手に感づかれてはならない。当事者たちには完全に秘密が守られていると信じさせて、安心して汚職事件を進めていかせる方が良いのだ。そして参吉自身は自分の事務室のなかで、次第に資料がふえて行くのをたのしみながら、独り腹の中でにやにやしているのだった。

この資料が、いつかかねになるのか、それはさし当っては考えていない。かねにならなくても宜いのだ。ただ彼は政府の高官や財界の人物たちの、巨大な秘密を握っていることだけで充分に満足だった。そしてまた、彼がこうした極秘の資料を握っていることによって、検察庁も警察もうっかり石原を逮捕することが出来ないというところに、自分の強味を感じていた。脱税、脅喝、手形の詐欺に類するような悪事を、彼は幾つもやっていた。しかし相手が石原参吉だとなると、警察も慎重だった。それが彼の強味だった。

信州の山奥の名も無いような小さな温泉宿に、特別作業班十数名がこもっているということを、石原は知っていた。しかし彼は調査員をその山奥まで派遣するようなことはしなかった。急ぐことは無いのだ。やがて入札が行われる。その結果を見れば、何もかもわかるのだ。山の宿でどんな作業がおこなわれ、どんないんちきが計画されたか、みんな解るに違いない。人間の智恵には限界がある。にせものを本物らしく見せようとしても、それは殆ど不可能だということを、参吉は知っていた。

特別作業班の工事予定額の計算は、すべて大幅に見られていた。石材やセメントや鉄材の量も価額も、みな充分に見積られていた。九州には台風の襲来が必ずある。その台風による工事の遅れや被害の程度までも大きく計算されていた。したがってこれを総計すれば、必ず民間業者の常識的な計算よりも大きな金額になるに違いない。

工事発注者としては少額に見積る方が常識であるが、今回は特に、(水増し)と思われるほどに見積り額が全般に多くなっていた。それは作業班を指導している正岡理事の指示によるものであった。そして正岡理事が松尾総裁や若松副総裁の指示を受けているのは当然であった。

何のために予定額を高く見積るか。……それは工事が竹田建設に落札された後で、竹田が五億円にのぼる政治献金をしなくてはならないからだった。その五億円は、前以てF—川ダムの工事費に含ませて置かなくてはならない。要するにダム工事は必要額よりも五億だけ高く、竹田建設に落札させなくてはならないのだ。

その五億は、通産省から出て、電力建設会社の手を経て、竹田建設に渡り、竹田から改めて政治献金される。つまりは国庫から出て寺田総理大臣に渡されるのだ。直接に国の財産で総理の借金の穴埋めをする訳には行かないから、複雑な経路を辿《たど》らせて、その途中で幾つかのいんちきな術策を用いて、目的を達しようとしているのだった。これは一種の集団による謀略であり、組織による汚職計画だった。

ローア・リミット

山奥の温泉宿にこもった特別作業班が、大略の予定額の算定を終ったのは九月二十二日であった。その総額は四十七億四千万円に達していた。おそらくもっと厳密な計算をして行けば四十三億程度に切り詰めることが出来たに違いない。何もかもが（水増し）されていた。

Ｆ—川の工事現場が山奥であることを考慮し、そのための工期の延長を見越し、台風被害も四回程度を見積り、その間の人件費の値上り、生活物資の値上りを計算に入れ、すべての部分に豊富な予算を組み立てた結果、最初の推定よりもずっと高額なものになってしまった。

この数字を見て、作業班のなかでも心ある者は沈黙した。不当に高額であることが、彼等を憂鬱にしたのだった。これはどこかで削らなくてはならない。入札の最低金額《ローア・リミット》を決定するときに、はっきり削って置かなければ、土木業界の嗤いものにされるに違いないのだ。その道の専門家が見れば、一見してこの金額に何かのからくりが有ることが解ってしまう。それは電力建設会社の恥になることだった。

翌二十三日は、算出した予定額の再検討に当てられた。各班ごとに合議がおこなわれ、不備な点が研究された。そしてその結果、その日の夜になって決定した数字は四十八億一千万円と、逆に七千万円も増加していた。それは現場付近で採取される石材の量に疑問があり、さらに四キロばかり離れた山から数千噸の石材を切り出すことを見込まなくてはならないという正岡理事からの強い疑義が提出されたからであった。

「その途中に短い橋もかけなくてはならんし、道路の改造もあるし、二十メートル程度だがトンネルも掘らなくてはならんと思う。それを計算しておかなくては、必ず石材に不足してしまって、工事の途中で大問題がおこるよ。工事費の追加請求が出されたりしたら同じことだからね」

正岡理事は五十六、七の青白く痩せた人だった。もとは官庁の技術畑につとめていた人で、それから一時民間の電力会社の顧問をしていたが、四年まえに財部総裁に望まれて電力建設会社の理事になっていた。しかし一身の利害をいつも計算しているような性格があって、結局は財部総裁と合わず、却って若松副総裁の方に接近していた。特別作業班の責任者に彼が選ばれたのも、若松の指名であった。

したがって特別作業班がやらなくてはならない入札のためのからくりも、すべて正岡の手腕にかかっていた。彼としては、どこまでも正当らしき手段によって、一見公正と思われる手順を踏んで、上手に竹田建設に工事が落札されるように、仕事をはこばなければならなかった。しかも竹田建設には、その後の政治献金五億というものが損失にならないように、御膳立てをして置く必要があった。条件はまるで矛盾している。その矛盾を、世間の眼からかくれて、何とか巧く処理しようとするところに、特別作業班の最大の難関があった。

予定額を水増しさせて、巨大な数字をつくり出したのは、正岡理事の仕事の第一歩であった。つまり正当な数字よりも約五億円だけ上廻る金額を、ここで計上して置かなくてはならなかった。そして第二の仕事は、この大きな金額で、どうやって竹田建設に落札させるかということであった。そのからくりが即ち最低金額、ローア・リミットの設定であった。

九月二十四日の朝、作業班全員は十時に集合を命じられた。山の秋色は朝ごとに深く、窓の外の丘には山萩《やまはぎ》が咲き、女郎花《おみなえし》が咲いていた。山の小鳥たちも秋の鳥と変り、もず、ひよ鳥にまじって、時おりかけす、小雀《こがら》、啄木鳥《きつつき》の姿が見られた。会議室には火鉢がはいり、作業班の人たちはみな宿の丹前の上に羽織を重ねていた。

床柱の前に坐った正岡理事は、集まった全員を見わたしてから静かな微笑をうかべ、

「いよいよ今日で、最後だな」と言った。「永いあいだの山ごもりで、本当に御苦労さんでした。諸君の家族も待っていることだろうから、明日はなるべく早目にここを出発して東京へ帰るようにしたいと思います。……宗像君は何だか痩せたじゃないか」

彼は座の空気を柔らげようとして、わざとそんなことを言った。柔らげなくてはならないような一種の緊張した空気が、部屋の中に満ちていた。作業班の誰もが、こんな数字を算出したことに不安を感じていたのだ。そして今から、或る種のからくりをしなくてはならない事も、知っていた。それを正岡理事がどんな形でやろうとするか。自分たちに与えられる仕事が、ど

の程度の責任になって来るのか。……それがまだ解らなかった。

「ところで今から、最後の仕事をまとめなくてはならない訳だ。諸君の連日の努力によって、ここに一応の工事予定額は算出されている。なかなか難かしかったな。何しろロックフィル・ダムは日本でも前例が少ないから、参考資料が乏しい。その分だけ、計算にも困難が多かったが、この工事が完成すれば、今後のダム工事の立派な資料にもなるだろうと私は思っています。

諸君も御承知のように、いま言ったような理由から、いろいろと大事を取って、この予算はやや大き目に考えてある。しかし実際には或いはこれだって少なくなるかも知れない。と云うのは毎年の物価の騰貴によって人件費も生活費も、資材や燃料や設備費も、これからますます値上りするに違いない。したがってこの工事を落札した業者は、もちろんまだどこにきまるか解らないが、どうもあまり割の良い仕事にはなるまいと私は思う。しかしそれは業者の方でも当然見越しておいて、入札価額をきめて来ることだろうから、まあ、あまり心配しなくても宜いでしょう」

それは正岡が、大きすぎる工事費の算出をしたことの弁明のようにも聞えた。長く連ねた机をかこんで二列に坐った作業班の人たちは、会社の中の地位の高低の順にならんで、みんな静かに煙草をすっていた。十時を過ぎると、部屋の古くすすけた障子に日光が当り、赤く焼けた畳の汚れが眼立った。飛ぶ鳥の影がたびたび障子の上に黒い線を引いて過ぎた。秘密会議であったから、宿の女中も姿を見せず、番茶や煙草がなくなると、会社の中での地位の低い経理部の青年が、自分で階段をみしみしいわせながら、帳場まで降りて行くのだった。

「そこでこれから、われわれの最後の仕事ですがね……」と正岡理事は言った。「ここにこれだけの予定額は出たけれども、これは吾々としては充分な金額を見積ってある。会社としては出来るだけ安く請負わせたい。つまり業者の側が大いに能率を上げるとか、新しい工法を採用するとか、鉄材やセメントを安く買い付けるとか、運搬に大きな能率的な車を使うとか、工期を短縮するための努力をするとか、そういうことで以て、経費を節減してくれなくては困る。どの程度までこの予定額を下廻る金額で請負うことが出来るか。……それがすなわち入札の目的になる訳だ。

しかし、非常識な金額まで引き下げて、何が何でも工事を自分の方へ取ろうというような入札は、もちろん排除しなくてはならない。それでは吾々としてはその工事を信用できないことになる。ダムは危険な仕事だからね。絶対に信頼できるだけの工事が実施されなくてはならない。

問題は、どこに線を引くか、ということだ。ここに算出した予定額から、どれだけ下廻る金額までならば、信頼し得る工事が可能だと考えるか。つまり最低入札価額、ローア・リミットを算定しなくてはならない。何パーセントまで引いて宜しいか。……もちろんいろいろな考え方があるだろうと思う。ひとつ諸君から意見を出してくれたまえ」

みんな黙っていた。下級の者は上役への遠慮がある。上役はこの入札のからくりを或る程度知っているので、うっかりした発言はできなかった。階段を踏んで誰かが上って来たようだった。

宿の建物は古くて、廊下の板はがたがたしていた。上って来た人は障子の外から声をかけた。

「あの、東京からお電話ですけど……」

六十を過ぎた宿の女中だった。

「はい……」と、若い社員が立ちかけると、

「正岡さんだそうです」と、外の声はもう一度言った。

宿の電話とは別に、内密の連絡をするために、新しく取りつけた切り替えの電話が別室に引いてあった。正岡理事は立って廊下の一番奥の部屋へ行った。相手は新任の松尾総裁だった。

「正岡君?……ああ、どうも御苦労さん。どうです、そっちの仕事は順調に進んでいますか」

「はい、順調です。ゆうべまでで予定額の概略の計算を終りましてね」

「全部終った?」

「はあ、終りました。それで今朝は、ローア・リミットの検討をはじめたところです。だいたい今日一杯で決着はつけられると思っています」

「その事だがね君、ローア・リミットはね、本社の方できめることにしたんだ。あした本社の役員会を開いてね、みんなで検討した上で決定することにきめましたからね。だから君の方は今の仕事はそのままで切り上げて、今日はゆっくり骨休めをして、明日かえって来てくれ給え」

「どうして本社でやることになったんですか」

「うん、それはつまりだね、予定額の算定をした人たちがロー・リミットをきめるよりも、全く関係していない本社の役員会がきめる方が、一層公正なやり方ではないかということになってね。だから君たちが帰京するのは、明日の午後三時以後に東京に着くようにしてくれ給え。吾々は二時に決定するからね。それ以前に帰って来られては困るんだ。吾々は一切何も知らないで、ただロー・リミットのパーセンテージだけを決める、という段取りだからね」

「ははあ、解りました」と正岡は言った。

ずいぶん気を使って、(絶対公正な入札をやっているのだ)というジェスチュアを示そうと、努力しているらしかった。本当に公正な入札をやらせるつもりならば、そんな努力はむしろ無用の筈だった。彼等が公正らしく見せかけるための努力をしているのは、公正なやり方をしていない事の証拠でもあった。

特別作業班は算出した予定額を厳封して、明日東京へ持ち帰る。それより少し前、午後二時には指名五社の入札を締め切る。入札は二つの封書に入れられており、一つは工事計画の技術的な書類一切を入れ、もう一つの封書には入札価額を封入して置くことになっていた。そしてその同じ時刻に、本社役員会はロー・リミットを決定する。

その決定は、特別作業班がつくった予定額を知らない本社の役員だけで、きめるというのだ。だから最も公平だと、外部に説明するつもりらしかった。しかし、予定額を知らない役員が、もしもロー・リミットを大幅に低くしてしまったら、果して確実に竹田建設に落札させることが出来るだろうか。また竹田が落札したにしても、五億の政治献金をその中から浮かすことが出来るだろうか。……そこにはどうしても、何かのからくりが無くてはならない筈だった。

工事予定額は特別作業班が厳封して東京に持って帰る。しかしそんな事で秘密を守ることが出来るだろうか。厳封されるのはただ予定額を記入した紙片にすぎない。そして作業班全員の頭の中にある記憶は、厳封するわけには行かないのだ。竹田建設は入札の時間より以前に、算定された予定額を知っていなくてはならない。それを知らなくては入札の基準が立たない。……知らせる方法はいくらでもある。

予定額がわかっていさえすれば、ローア・リミットなどはどうにでもなる。常識的に考えて、最大限十パーセント。先ず七パーセント乃至九パーセントと考えられる。土建業者としてはそれ以上は引ける筈がないのだ。

正岡理事は自分で予定額を外部に洩らしはしなかった。しかし必ず竹田建設に通報されているに違いないと思っていた。本社も知っているに違いない。秘密とはそういうものだった。

彼は元の部屋にもどると、作業班の全員にむかって、明るい笑いを見せながら言った。

「いま総裁から電話でね。ローア・リミットは本社でやるそうだ。明日、役員会をひらいてきめる。午後二時だ。だから吾々は三時以後に東京に着くように帰れという命令だよ」

するとみんな、声をあわせて笑った。大きな笑いではなくて、自嘲《じちよう》するようないやな笑い方だった。

「すると、今からはもう用無しか」

「麻雀《マージャン》でもやるかな」

そして座の姿勢が崩れた。用事はなくなったが、まだ東京に帰してはもらえない人たちだった。

九月二十五日の正午すこし過ぎに、電力建設会社の会議室で緊急役員会がひらかれた。彼岸も過ぎたというのに、珍しく夏のように暑い日だった。松尾総裁は正面に坐って退屈そうに煙草をすっており、その隣に坐った若松副総裁は緊張した顔をしていた。

「今から役員会をひらきます。議題は一つだけ。F―川ダムの入札が午後二時に行われますが、当社の方の予定額は既に特別作業班によって算定され、厳封されて、いま作業班の人たちが東京に持ち帰る途中であります。多分三時過ぎには帰って来るでしょう。

その予定額は極秘ですから、一切わかりません。……わかりませんが、吾々としては請負業者に対して、特に勉強した金額を要求したい。能率を上げ、工期を短縮し、工法を研究して、出来るだけ安くやらせたい。そこで、これをどこまで値引きさせるか、どこまでならば信頼できる工事が可能であるか。つまりローア・リミットをきめたい。

それを何パーセントと認定するか。これが今日の議題です。先ず常識的に考えて、その値引きの幅は最少限六・五%、最大限で八・五%と私は考えていますが、この点について諸君の御意見、なにか有りますか」

「異議なし」と総裁が言った。「妥当なところじゃないかね」

総裁と副総裁とのあいだには、前以て充分な打合せが出来ていたらしかった。二人の意見が一致しているのを見ると、他の役員からも異議は出なかった。

若松副総裁はハトロン紙の封筒を五枚、ポケットから取り出して、説明した。これからくじ引きを行う。この封筒の中にはそれぞれ、六・五%、七%、七・五%、八%、八・五%と書いた紙片が封入されている。くじ引きを行うのは吾々が最も公平な立場で、ローア・リミットを決定するためである。こういう方法を採ることについて、御異議はありませんか。……

別に異議はなかった。副総裁は五枚の封筒を机の上でいろいろに混ぜたりならべたりした後に、松尾総裁にむかってその中の一枚を取るように頼んだ。

総裁はきわめて無雑作に、一番右の封筒を取った。

「どうぞ開封して下さい」と若松は言いながら、自分の服のポケットからライターをとり出し、残った四枚の封筒に火をつけて、大型の灰皿の上に置いた。

総裁は封を切り、中の紙片をとり出し、ちらと見てから若松に渡した。若松は役員たちの顔を見わたしてから、「七パーセントにきまりました。これで、実行してよろしいでしょうな?」と言った。

灰皿のなかで、封筒はまだ燃えていた。七%と最大の八・五%とでは、多分六千万円から七千万円の開きが出てくるに違いない。そのあたりに入札の機微があった。みんな黙っていた。

封筒はほとんど燃え尽きて、黒い灰になっていた。

だが、なぜ若松副総裁は残った四枚のくじを焼き捨てたのであろうか。なぜ焼き捨てる必要があったのであろうか。彼が本当に公正な手段でローア・リミットをきめようとしているのだったら、残りの四枚のはずれくじを全員に開いて見せてもいい筈だった。それを急いで焼き捨てたところに、彼の狡猾な計算があったかも知れなかった。

入札は、大詰にちかづいていた。最初から最後まで、何もかもがからくりだった。からくりを背後で操っていた者は、官房長官と通産大臣とであった。操られていた者は、電力建設総裁と副総裁とであった。そのために財部前総裁は辞職を余儀なくされたのだった。

午後二時になれば、指名五社の代表が入札書類を持ってやって来る筈だ。みんなまじめ腐った顔をして入札をする。実はそれがお芝居だった。竹田建設以外の四社にとっては、どうせ外れるにきまっているのだ。入札のからくりを知り尽している者から見れば、まじめな顔をした喜劇であるに違いない。

だが、果して計画通りにうまく、竹田建設に落札されるだろうか。……

（下巻に続く）

P+D BOOKS ラインアップ

東京セブンローズ（上）　井上ひさし
●戦時下の市井の人々の暮らしを日記風に綴る

東京セブンローズ（下）　井上ひさし
●占領軍による日本語ローマ字化計画があった

天上の花・蕁麻の家　萩原葉子
●萩原朔太郎の娘が描く鮮烈なる代表作２篇

海軍　獅子文六
●「軍神」をモデルに描いた海軍青春群像劇

若い人（上）　石坂洋次郎
●若き男女の三角関係を描いた〝青春文学〟の秀作

若い人（下）　石坂洋次郎
●教師と女学生の愛の軌跡を描いた秀作後篇

P+D BOOKS ラインアップ

終わりからの旅（上） 辻井喬 ● 異母兄弟の葛藤を軸に、戦後史を掘り下げた大作

終わりからの旅（下） 辻井喬 ● 異母兄弟は「失われた女性」を求める旅へ

ある女の遠景 舟橋聖一 ● 時空を隔てた三人の女を巡る官能美の世界

怒りの子 高橋たか子 ● 三人の女性の緊迫した〝心理劇〟は破局の道へ

三つの嶺 新田次郎 ● 三人の男女を通して登山と愛との関係を描く

硫黄島・あゝ江田島 菊村到 ● 不朽の戦争文学「硫黄島」を含む短編集

P+D BOOKS ラインアップ

大陸の細道	木山捷平	●世渡り下手な中年作家の満州での苦闘を描く
変容	伊藤 整	●老年の性に正面から取り組んだ傑作長編
ア・ルース・ボーイ	佐伯一麦	●〝私小説の書き手〟佐伯一麦が描く青春小説
淡雪	川崎長太郎	●私小説家の〝いぶし銀〟の魅力に満ちた9編
暗い流れ	和田芳恵	●性の欲望に衝き動かされた青春の日々を綴る
北の河	高井有一	●抑制された筆致で「死」を描く芥川賞受賞作

P+D BOOKS ラインアップ

なぎの葉考・しあわせ　野口冨士男　●一会の女性たちとの再訪の旅に出かけた筆者

喪神・柳生連也斎　五味康祐　●剣豪小説の名手の芥川賞受賞作「喪神」ほか

金環蝕（上）　石川達三　●野望と欲に取り憑かれた人々を描いた問題作

孤絶　芹沢光治良　●結核を患った主人公は生の熱情を文学に託す

サムライの末裔　芹沢光治良　●被爆者の人生を辿り仏訳もされた〝魂の告発〟

貝がらと海の音　庄野潤三　●金婚式間近の老夫婦の穏やかな日々を描く

（お断り）

本書は1966年に新潮社より発刊された単行本『金環蝕』を底本としております。あきらかに間違いと思われるものについては訂正いたしましたが、基本的には底本にしたがっております。また、一部の固有名詞や難読漢字には編集部で振り仮名を振っています。

本文中には田舎おやじ、女秘書、精神病、芸者、女中、女のくせに、情婦、下足番、土建業界、土建業者、土建会社、床屋、芸者あがり、請負師、女事務員、水商売の女、裏街、新聞屋、かこい者、使用人、二号夫人、二号さん、置屋、妾、坑夫、部落、工事人夫、飯場などの言葉や人種・身分・職業・身体等に関する表現で、現在からみれば、不当、不適切と思われる箇所がありますが、著者に差別的意図のないこと、時代背景と作品価値とを鑑み、著者が故人でもあるため、原文のままにしております。

差別や侮蔑の助長、温存を意図するものでないことをご理解ください。